翼想本

翼想本

時光當舖
The Time Pawnshop
思念物的繾綣
千川
繪／Ooi Choon Liang

拍檔
一套二十支水彩筆的物靈，物靈形象是狐獴。擁有神奇的繪畫能力和天賦，是目空一切的藝術家，很小心地用帽子遮掩自己光禿禿的頭頂。
依依
阿湘留下的青銅鑰匙的產物，不會說話，天真可愛的形象俘虜了當舖裡的所有物靈，擁有神祕的能力。
FLY THE WORLD

布穀
當舖裡的布穀鳥鐘，物靈是一隻儀態優雅的貴族式貓頭鷹。雖然失去了精準時間的功能，卻依舊認為自己擁有強大的時間觀念。
阿樂
把當舖當作物品孤兒院的當舖店長，經常為了維持生計而去接受古怪的委託。
書書
本體為一枚書籤，優雅而睿智的溫柔女性，除了擁有過目不忘的記憶力外，對物靈的探測也有極強的敏感度，以恬靜的形象安撫所有脾氣古怪的物靈。

目錄

第一章 失敗的著作，惋惜

萬物皆有靈。

我是一名物靈師。這個名字聽起來也許像捉鬼的，但遺憾的是，捉鬼大師不會像我混得那麼慘。

所謂物靈，便是一些物品在主人長期的情緒滋養下，誕生的一種有意識的生靈，這些生靈擁有各式各樣的能力和形象。而因為普通人看不見這些物靈，無法溝通，便會時常遇到一些詭異的事情或者麻煩。

我的工作，就是替人解決這些麻煩。

以上這些不是業務性質的宣傳廣告，而是鑒於我是這個職業的發明者，也是唯一的工作者，我擁有對這項工作解釋的權利和義務，卻也僅此而已。

我是說，信不信全在你自己。

但很可惜，大多數人並不願意相信，而不願意相信的後果，往往會讓我吃一些苦頭——就比如現在面前這個有些禿頂的中年員警。

這是一個稍稍有點發福的警官先生，他正很不友好地看著我，根據這次民眾的舉報，他堅決認為我是一個騙子。

或者說，在這次舉報之前，他就認為我是個騙子，因為我已經不是第一次來這裡了。

據說舉報人是我以前一個雇主的女兒。她似乎是無神論者，認為我從一名老人，也就是她的父親那裡，起乩一樣地騙取一筆數目不菲的金額。

但我想說的是，我也一樣是無神論者……不是什麼見鬼的「大師」！

「我說了，我沒有詐騙，齊警官。」我坐在審訊室的椅子上，舉起雙手，面不改色地闡述自己的清白，「這是正常的工作和委託。」

開玩笑，我進來這麼多次，已經習慣到能輕鬆應付了。或者說，我每次看到齊警官的酒糟鼻上的那顆凸起的痣就很想笑——有種小丑的感覺。

「那你為什麼總會來這裡？」

「事實上，我每次都安然無恙地出去了。」我說了這句話後，便發現他額頭的青筋暴起……嘖，不小心踩到他痛處了。

「揍他！生氣就揍他啊！你還是不是男人！」

我聽到一個略顯尖銳和興奮的聲音在我腦袋上響起……我得說明的是，沒人會站在我的腦袋上。

除了一隻一直看我不太順眼的倉鼠型物靈——胖次。

他的本體是一把瑞士刀，我出門時常帶著他，因為他有時候還是挺有用的，這也是我為什麼可以忍受他惡劣態度的原因所在。

我無法觸碰他，所以很遺憾，我沒有能力將他從我的腦袋上拿下來，然後以棒球投手投決勝球的姿勢把他扔出去。

「那只是你運氣好有人罩而已，神棍！」這個禿頭冷笑中帶著厭惡，彷彿我是一個利用朋友的裙帶關係而逍遙法外的權貴階級。

真可惜，我也希望我是。

「阿樂，好像來了。」一陣柔和的女聲出現，我襯衫的左胸口袋浮現一抹白光，白光化為流水一般在我身邊凝聚成一位穿著雪色紗裙的棕髮女性。

她是書書，是一枚書籤。

她是第一個和我在一起的物靈，也必將是陪我到人生最後的物靈——我堅信這一點。

至於她說的「來了」的人，是我曾經的大學校友，我們並不是同一個科系的，我念的是經營管理，她念的則是法律。

值得一提的是，她是我有生以來唯一正式交往了一段時間的女生。當初在大學也不知道是誰追誰，總之，糊裡糊塗地就在一起了。

而做為初戀情人，她幾乎是完美的，成績優秀，形象秀美，在私底下女人味十足，頭腦也相當的聰明，是個讓戀人永遠都不會感覺到無聊的人——直到我發現她對女人更有興趣之前。

是的，她是同性戀。

我是一個比較特殊的人，所以我也不會認為有特殊性向的人有什麼不對。她是同性戀，而我被很多人認為是戀物癖和妄想症患者……這沒什麼。

唯一傷到我自尊心的是當我問她，妳明明是個女同性戀，但為什麼願意和我交往。而她的回答是——因為你文文靜靜得像個女人。

文文靜靜和女人就一定有聯繫，這個邏輯我到現在也無法認可。

最後我們和平分手了，理由是，我願意把妹，也願意當凱子，但我不喜歡當妞的感覺……尤其是她用手指勾我下巴的時候。

基於這些原因，當別人問我有沒有初戀經歷時，我都告訴他們——我的初戀還未拆封。

初戀是一種酸澀到美好的話題，往往是每個人記憶中最純粹和美好的段落，這種酸澀感帶來的缺陷，恰恰體現了對方的完美。

很多人談起初戀可能會感動他人，往往都會聽到一些諸如此類的話——

「初戀總是美麗的。」

「那時太年輕，可惜了。」

這聽起來是不錯，但如果我把自己的經歷老實說出來，我唯一能肯定的，就是我得到的絕對不會是以上的反應。

所以我實在沒有勇氣告訴別人，我的初戀被一位喜歡女人的女人給拆封了，我堅決認為我的初戀還在保鮮期，而且最重要的是一個事實——我肯定是男人。

「正因為我喜歡女人，所以我才對你有興趣啊……」這句話絕對、絕對、絕對不能傳出去！

踩著高跟鞋的腳步聲漸近，我看到齊警官的眉毛微微一挑，然後隨著敲門聲響起，他終於有些洩氣地靠上椅背，不情不願地雙手抱胸，「進來。」

門被打開了，但那個穿著西裝的女人沒有走進來，她只是向我招了招手，「走吧，沒事了。」

她叫閔姿，是個律師，還是個很厲害的律師。順帶一提，書書對她沒什麼好感。

她眼裡完全沒有那個禿頂的齊警官存在，距離上次見面好像已經過了幾個月。她的樣子變化並不算小，曾經一頭染成棕色的捲髮變回原來的黑色，頭髮也被拉直了。不過她看我的表情還是沒變——滿是調戲的味道。

我點點頭，便從椅子上站起，走向門口，期間齊警官沒有攔我，也沒有說話，但我知道他到底有多憋屈。

因為有些人，是不能惹的。

律師是一個法制社會中，很多人都不喜歡惹的一個職業，因為他們懂得遊戲規則。而一個有後臺的律師，就更是神鬼勿近。

「小可憐，怎麼每次都看到你這副模樣。」走著走著，她突然靠過來對我脖子哈了口氣，讓我忍不住起了一身雞皮疙瘩。

然後我聽到書書輕輕地哼了一聲。

不行，我得離她遠點！

我向一旁挪了一步，有些結巴地說道：「就算妳這樣，我現在也沒錢付妳律師費哦……」

「你哪次付過了？」閔姿眉毛微挑，似乎有些詫異我還敢提這方面的話題，「我早就不抱期望了。」

窮鬼真沒有尊嚴。

「但是，我有一份工作想委託你。」閔姿隨意地拍了拍我肩膀上的灰塵，露齒一笑：「就當雇傭我的律師費了，阿樂大師。」

「我不是大師！」我咬牙切齒地回答。我的尊嚴不允許我屈服！我才不是神棍！

「那就根據我每次接 Case 的最低價格來算好了，算上這次，我一共救了你七次……」

「……什麼工作？」我面無表情地問著。說起來，那句話怎麼說的來著？

嗯，識時務者為俊傑，沒錯，就是這句話。

閔姿滿意地點點頭，滿臉「孺子可教」的表情。

「我有個遠房表弟，是個插畫家，最近還算有點名氣。」說到這裡，頓了一頓，她神情古怪，有些不自然的舔舔嘴唇，似乎覺得自己說得有些離奇。「但是……他現在畫不出來了。」

一個畫家偶爾沒靈感，畫不出來不是挺正常的嗎？

我沒有意識到閔姿找我的意圖何在，她雖然不是很相信我那套物靈理論，但應該知道我接的委託一般都是什麼性質。

簡單地說，就是一句話——如此普通的委託不在我的業務範圍。

「畫不出畫？」我看著閔姿的臉，試圖捕捉她的神情，同時將自己的疑惑傳遞出去。

「是的，畫不出畫，但嚴格來說……他失去了畫畫的能力。」閔姿低頭側身，從一邊的皮包裡拿出一個資料夾，打開後，遞給我一張A4紙，「你看看吧，這是他的作品。」

我將紙張展開，是一張彩色的圖畫，似乎是一個江南水鄉的小鎮，兩邊古色古香的建築並立在清澈小河的兩側，天空迷濛地灑下斑斕的光點，紅色的磚牆邊有幾艘小船，其中站著一位側著身子，身穿白色連衣裙、頭戴白色遮陽帽的長髮少女，她正陶醉在演奏小提琴的世界中，看她的儀態以及身邊鳥雀愜意的反應，琴聲悠遠而溫婉，宛若一口入喉的溫牛奶般香醇，讓整個世界的色彩變得更為明媚。

畫很美，色彩豔麗卻不媚俗，反而帶著一種暖暖的氣息。

值得一提的是，這張畫我看過，是最近本土出版社出版的一本小說中的插畫，畫家也是本地人，筆名叫做七尾魚。

之所以有印象，是因為這本小說的故事很有味道，並不是流行的刺激元素，而是給偶爾路過這個小鎮的遊客，奉上一碗香醇的鯽魚湯，而這碗鯽魚湯經過少女的烹調會有一種魔力，可以讓客人躺在船裡睡上一覺，並且夢到自己的回憶。

遺忘的、開心的、悲傷的、刻骨銘心的各種回憶，彷彿讓人再次體會自己的人生。

有些人在夢裡做出了些改變，或者注意到過去並未關注的東西，彌補了回憶中的遺憾，抑或放下了某些執念；有些人變得豁達，有些人則對某些事釋然。夢中即便影響不到現實，醒來後卻讓人或多或少出現了生活態度方面的變化。

故事並不算太複雜，只是人與人之間的情感描述和對回憶的感嘆，卻又有一種吸引力讓我看下去，可惜這本已經快到最終卷的小說一直沒有再面世，理由是繪者身體不適。

「原來他是妳表弟？嗯，我看過，畫得挺不錯的……呃？這是什麼？」我讚嘆到一半，手卻被閔姿塞入了第二張A4紙，上面也是一幅……嗯，姑且稱之為畫而不是塗鴉好了，畫得糟糕至極，線條凌亂、顏色混合在一起沉重得讓人發悶，我甚至看不清這張畫到底畫的是什麼——這完全就是幼稚園的水準。

不對……至少幼稚園還能讓我感覺到一種天真爛漫的氣息，我得向幼稚園的小朋友道歉。

「這是他前天畫的，他最近畫的都是這樣的作品。」她伸出手指彈了彈那張糟糕的畫，「如果不是我瞭解他，我幾乎以為他以前的作品都是找人代筆的。」

對於一個畫家來說，丟失自己賴以生存的畫技無疑是一種無法接受的恐怖。

「有沒有去醫院？」我抬起頭，用手指點了點太陽穴，這種事也許存在生理上出問題的可能性，比如大腦受了撞擊或者刺激什麼的。

「去了，沒有任何問題。」閔姿搖搖頭。我看到她眼底一閃而過的愁意，意識到她這位表弟在她心中的地位，「老實說，如果不是沒辦法，我也不會讓你來……畢竟，你所說的東西，有點難以置信，也不是太穩定。」

當我們走出警局，我微微眯著眼瞄了下天空。看天色和溫度，我估計此刻大概剛過中午，可能下午一點的樣子。

「現在一點零四，你怎麼還不戴錶？」閔姿從包包裡拿出一盒喉糖，遞給我幾粒，然後她仰頭把剩下的全倒進了嘴裡——這算是她的一種怪癖。

她買的是那種超涼的特別版，黑色包裝，一小粒就可以讓人彷彿來到冬天，長時間不間斷地含著，甚至會讓口腔的感覺麻痺。

我一般一次最多含三粒，但閔姿沒有上限，總是喜歡大量地往嘴裡倒。我曾經問她為什麼，她說喜歡那種清涼到火辣的矛盾感。

面對她和三年前問得一模一樣的問題，我也用三年前一模一樣的回答，「錶帶斷了，一直沒心情去修，也不想買新的。」

「嗯……」她用鼻子拖著長音，然後一個跨步在我面前站定，微微仰著頭看著我的雙眼，毫不在意兩人之間的距離開始變得曖昧。我看到她左邊的眉毛輕輕一挑，嘴角露出笑意，「一點也沒變啊……居然連皺紋都沒有多半條。」

因為我才二十幾歲，這是正常的吧？等等，我總覺得她笑起來時，嘴角的傾斜度有些詭異啊……

「妳想幹什麼……呃？」我突然發現她的臉在靠近，在沒有反應的情況下，我發覺自己左邊臉頰，或者說有些靠近左邊脣角的位置碰到了一個柔軟的物體。

不得不說，這是個很曖昧的位置，我甚至分不清閔姿這一碰算是吻頰還是接吻。

「咦!?」

「她的眼光真差！」

書書和胖次同時發出驚叫，但我聽出了書書的口吻中帶有一絲惱怒。

「沒幹什麼。」她笑咪咪地拍了拍我的胸口，「是不是有點小心跳？」

「才沒有。」

「你臉紅了哦～」

「都說沒有了！」我咬牙切齒地回答，然後突然發現對面街角站著一個人。

確切地說，街上有不少人，但是這樣傻傻站著、彷彿一尊青銅雕像般一動不動的卻獨此一位，因為距離遠，我看不清對方的表情。

只是看起來是個年紀不算太大的青年。從他站立的姿勢並不是軍人那樣標準，卻又保持一動不動的難度來看，他一定是目睹了一幕讓他價值觀崩壞的場景。

隨後我注意到閔姿正毫不避嫌地在我面前塗口紅，因為她的口紅變得有……點……淡？

算我倒楣……我幽幽地從口袋裡拿出一包紙巾，擦拭之前被輕吻的部位，又看了一眼遠處那個恍若化為「望妻石」的男子，嘆了口氣，「我就這麼適合擋刀嗎？」

「是的。」閔姿毫不掩飾地回答，她照著化妝鏡小心地塗抹嘴脣，最後抿了抿，連看都不看我一眼——真是讓人惱火的態度。

可惜我惹不起她。

這已經不是第一次了，這一次她是為了甩掉周圍煩人的蒼蠅，不算麻煩，但上次她竟然為了在父母面前掩飾自己真正的性向，硬是扯著我去她家裡演了一齣戲。

我還記得她媽媽看著我時，笑咪咪的眼中散發出讓我頭皮發麻的光。總之，我寧願現在轉身進警局，讓那討厭的禿頭警官把我關起來，也不願意再去她家了。

「別那麼小氣嘛~」塗完口紅的閔姿對我親暱地皺了皺鼻子，雙手拉住我的手臂不斷搖晃，我頓時感受到身邊有一股殺意出現——用腳趾頭想也知道是書書。

我覺得自己的額頭有點發涼，可能是出了冷汗，「我知道錯了，大姊妳放過我行嗎？」

「乖。」閔姿極為嫵媚地朝我嫣然一笑，卻讓我忍不住打了個寒顫。

咕嘟。

我聽到自己吞口水的聲音，乾笑兩聲，「那個，如果沒別的事，我就回去了？」

「不送我回家嗎？也許我會遇到危險哦……」

我承認她長得漂亮，但她身上那種危險的味道神鬼皆懼，我堅決認為即便真有那種不開眼的小賊，也是犯罪業務流程沒規範好所造成的悲劇——你得先明白你搶的究竟是個女人，還是個披著女人皮的危險生物。

她大學一年級時就拿了空手道黑帶，三年級的時候已經成為空手道社的社長了。

相比她的安全問題，我覺得更該考慮的是我送她回去後，會不會被一些人認為是情敵而發生不測。

愛情這種東西，會讓一個人的武力值得到極高的提升，而智力值開始跌破正常下限。所以根據我一直以來的認知——談戀愛談傻的人遠比讀書讀傻的人要多得多。

包括我在內。

整整兩年我都沒有懷疑過她真正的「性趣」方向，是我這一輩子的恥辱。

總之不管怎麼說，我要回家！就現在！

我心裡這麼想著，卻乖乖地跟她上了計程車，因為她的手正捏著我的耳朵……好痛。

當我自覺地繫上安全帶，她才微微一笑鬆開手，搖頭晃腦地對我說了句：「男人就該主動點。」

……妳比我還男人吶，小姐。

我看著她，摸了摸有點熱的耳朵，默默地想道。

「阿樂，找機會就走。」書書從座椅上很詭異地浮出一個腦袋，皺著眉，「我不喜歡她。」

「我也想啊……」我乾笑著回答，然後就被閔姿拍了拍肩膀——

「你又在和我看不見的那個誰說話？」閔姿一臉古怪，她顯然並不太信物靈的存在，在遇到我之前，她是堅定的唯物主義者。遇到我之後，基於互相的尊重，或者說，是我很少見的生氣了一次後，她就再也不把她的那一套硬加在我身上了。

況且在遇到了一些的確沒有辦法解釋的事後，她也不由得有些半信半疑。否則無論遇到什麼樣的情況，她都不會讓我來幫忙解決她表弟的事。

「我和妳說過她不喜歡妳。」我很直接地說了實話，「她想趕快走。」

「那讓她走啊，我又無法攔著她。」閔姿瞪大眼睛，一臉奇異地看著我，好像覺得我的邏輯有問題。

「她沒辦法離開我，我不走，她也走不了……嘶！妳幹麼!?」冷不防地，我的耳朵又被她用纖細的手指拉住了。她拉得很用力，但剛剛好又勉強在我的承受範圍內，這讓我開始懷疑是不是因為自己快習慣了，耳朵開始向八戒靠攏……

順帶一提，八戒是一臺電腦的物靈，形象是一頭愛瀏覽成人網站的色胚小豬。

「你只是想溜而已吧？」閔姿冷笑著，看起來完全不相信我，「想出這個藉口真是辛苦你了……還一副很受歡迎、被女人纏得受不了的花花公子口氣。但是你覺得，一個美女幽靈面對我和你，她會看上誰？」

第一，書書不是幽靈。

第二，我們雖然目標性別相同，但分類應該不同吧，小姐！

當然，閔姿很漂亮，這是個不能否認的事實，再加上長久擔任律師培養出的一種成功社會人的自信及修養——這是個極具魅力的女性。

但！是！

這不能說明她比我會追女生！

根據我所知的情況，她只是運氣好勾搭過三位女性而已！並且都已經分手了。

呃，至於我追到過幾個……那不重要。

「先生，我心臟不好，請別說這種話題好嗎？」坐在前面的計程車司機轉過頭來，沉著臉對我說道：「我在家都不看鬼故事的。」

我沒講鬼故事，先生。

我很想這麼和司機說，但耳朵的疼痛以及計程車裡的氣氛，讓我最終只是尷尬地一笑，「不好意思，我們換個話題吧……」

閔姿滿意地收回手，而我雖然這麼說了，卻不知道到底該聊什麼——我本就不算是個健談的人。

好在閔姿也沒指望我能說些什麼比較營養的話題，以前交往的時候，她通常都會掏出一個耳機塞進耳朵，然後把另一個塞進我的耳裡，最後我和她兩個互相靠著，瞇著眼睛聽音樂。

無論哪一次，她都是到最後會睡著的那一位。

果然，我看到她掏出了耳機，然後……把兩個耳機都塞進自己的耳朵。她發現到我看著她，促狹地對我一笑：「怎麼，難道你還有些特別的期待嗎？」

我撇了撇嘴，十分不屑地轉過頭。

「啊哈哈哈！你果然還是有點想法吧，笨蛋！」胖次在我耳邊大聲嘲笑。我哼著低聲說了句：「閉嘴。」

二十分鐘後，計程車在一處巷子裡停下，我揉著微微發疼的肩膀，打開車門走了出去，而閔姿則睡眼惺忪地從我身後跟出——我沒有音樂聽，卻依舊被當靠枕了。

「你是不是比原來瘦了，靠著好不舒服。」閔姿用一隻手揉著自己的眼睛，十分不滿地跟我抱怨。

我咬牙切齒地回應：「小人沒讓您靠舒服了，真是對不起啊！」

「嗯，知道就好。」閔姿滿意地點點頭，然後像是趕小廝一樣朝我揮了揮手，「你可以回去了。」

咦，原來真的只是讓我送她回家而已嗎？

我莫名地鬆了口氣，心有餘悸地抬起頭看看樓上。她家在二樓，那扇以彩色玻璃製作的窗戶開著，窗臺上放著一盆尚未開花的君子蘭。

我對植物並沒有什麼研究，只是曾經在大學時期的初春去過她家一次，見過那橘紅色花朵盛開的樣子，便一直覺得好美。

這是一種溫室花朵，並不好養，但閔姿的母親似乎熱衷於這些花卉，每天都會花一些時間來照顧自己的小樂趣。

「呵呵，照顧女孩子就要和養花一樣細心呵護哦……」

當時這位阿姨對我說這句話的時候意有所指，同時那種看女婿一般的眼神，讓我有一種麻痺感從頭皮一下子蔓延到腳趾……

而閔姿的父親則在一邊狠命地為我飯碗裡夾菜，十分有技術含量地將胡蘿蔔、雞腿、生菜等各種食物堆成一座金字塔而沒有掉下來——他大概是為自己的女兒性取向正常化而激動不已。

現在想起來都讓我忍不住打了個寒顫！

「怎麼，想上去坐坐？」閔姿在一旁對我說話時，我才反應過來自己無意間又賣了一次蠢。

「我現在就走拜拜再見別送謝謝……」

連珠炮彈一般說著的同時，我轉身就走，為了尊嚴我並沒有跑起來，而是以一種競走比賽的姿勢盡可能不難看地離開。

「我的表弟就是我媽媽的外甥，我媽媽……很·疼·他·的。」

閔姿在我身後喊道，讓我感覺到自己的額頭開始冒汗——我是不是該回警察局比較好一點？

第二章 頹廢的畫師，敵意

有人說，因為社會的進步，訊息量的擴大，導致每一代孩子所接收的資訊都會比上一代先進以及繁雜，會讓一代比一代更聰明——

這種言論我無法判斷是否正確，但我可以肯定的是，我小時候一定沒有這麼混球！

「這個荷包蛋煎得太老了啦！」一個約莫十三、四歲的小胖子坐在我的當舖裡，吃著我為他做的午飯，胖鼓鼓的腮幫一動一動，嘴角沾著飯粒，看上去吃得很香，嘴裡卻含糊不清地挑三揀四。

「再來一碗！」理所當然地把碗向我一伸——他完全把我當做服務生了。

這個小胖子剃了一個簡單的平頭，穿著青山中學藍白相間的西式校服，處在變聲期的他說話時腔調還是有些稚嫩，卻試圖表現出一種成熟的嗓音，反而變得有點奇怪。

他叫李霍端，青山中學中以「李禍端」這個外號響徹教務處，各種稀奇古怪搗蛋事件的第一懷疑對象。

從這個現象就可以明白這個小胖子是多麼惹人厭的傢伙。他的學校離我的當舖並不遠，卻又說不上近，我這裡也沒有什麼可以吸引孩子的東西。

但他偏偏就在這幾天賴上這裡了，原因很簡單，整天被他掛在口中的「倩倩」最近常和一個男生走在一起，而那個男生回家的路，會經過我的店——不過他從未進來過。

那個男生就讀於附近一所還不錯的私立高中，也是從青山中學畢業的，學習、運動全能，性格開朗，還是學生會主席。如果優點是光芒，那麼這位無疑光芒四射得可以閃瞎一片，所以就我看來——小胖子毫無勝算。

我接過他遞給我的空碗，從電鍋裡盛出最後一勺飯，在他的碗裡壓實，便將飯碗放到了桌上，然後舔掉黏在拇指上的飯粒，「你吃那麼多，是打算自暴自棄了嗎？還有啊，該交飯錢了，算你六十好了。」

化悲憤為食量，想必這就是最好的寫照了。

「不！這是戰前蓄力！」李霍端狠狠地往嘴裡塞了一大塊火腿肉，隨後又扒了兩大口飯，原本就圓潤的胖臉頓時如氣球一般漲大起來，語氣含糊，但很不可思議的是，我居然能聽懂他在說什麼——「做得那麼差，幹麼不便宜點？還是開餐廳的哎！你看看你店裡，真是不務正業。」

「我說過很多遍，我沒開餐廳，這裡是當舖。」我強忍著掐死這個小胖子的衝動。

「可這裡叫『茶飯屋』。」

「我有在店門口寫上告示提醒！大家都看得到！」

「聽起來好蠢哦……」

啊……這種死小孩能養這麼久還養得那麼胖，他家人一定好善良。

「總之大家都不會弄錯的！只有你這……」我的話還沒有說完，牆上掛著的電話響了起來，我便將其接起，「您好，這裡是……」

一陣有些發悶的男子聲音從聽筒中傳來：「有賣鰻魚飯嗎？來一份，地址是……」

「不好意思……」我快速打斷了他的話，瞥了一眼正露出嘲諷表情的李霍端，盡量克制住自己的情緒，禮貌地回答，「這裡沒有鰻魚飯。」

「啊……連這都沒有，（超小聲）難道我打錯了……」聲音的主人好像有點失望，「這裡是茶飯屋嗎？」

「沒錯，這裡的確是茶飯屋，但……」

「那就來一份茶泡飯吧。」

「那個……本店不從事餐飲業，這裡是當鋪……」我看到李霍端正竭力忍著笑，不讓嘴裡的飯噴出來，口氣不由得變得咬牙切齒起來，「只有買賣二手貨的生意。」

「哦。」對方一下子沉默了起來，也許是在思考。礙於禮節我倒有些不便掛斷電話，於是耐心等待起來——

「那……二手的鰻魚飯有嗎？」

啊啊！這混蛋是來砸場子的嗎？

「沒有。」我覺得我的面部在抽搐，想必臉上的笑容已經很奇怪了。

「怎麼什麼都沒有……」對方雖然說得很小聲，但我還是聽到了——我從來沒有這麼討厭自己的聽力過。

還沒有等我做出反應，嘟嘟聲就從聽筒裡傳了出來——他掛了電話。

我沉默地將話筒放回去，此刻的李霍端已經笑得渾身發顫了。雖然他還是閉著嘴，不讓飯粒因為憋不住笑意而噴出來，但從他的表情來看，我已經分辨不出他到底是快樂還是痛苦了。

「哼哼哼哼……」他正用鼻孔衝著我笑，聽到他滿是嘲諷的鼻哼，我決定無視他——在他付完飯錢之後。

「六十塊，謝謝惠顧。」我面無表情地對他伸出手。

不要說我小氣，這往往來自於學生黨的天真，大人的世界是很殘酷的——說起來我上一次接到委託是什麼時候來著？

「一般來說，不是該想上一次賣出去的東西嗎？你身為當舖老闆的自覺真是……」

書書突然從我的臥室裡飄了出來，棕色的頭髮似乎在水中一般浮動，白色的紗裙如魚尾一般揮舞。她圍著我繞了一圈後，搖搖頭，秀美的臉上滿是遺憾，「竟然開始賺孩子的錢了，你……」

唔，為什麼她每次都知道我在想什麼……我有那麼膚淺嗎？

「上次的委託我可沒跟他要一分錢。」我哼了一聲以示自己視金錢如糞土，但隨即被某個討厭的打氣筒揭開傷疤——血淋淋的。

「那是你要不到吧！笨——蛋！」

這是一個每天霸占我的店長椅子的灰髮小男孩，本體是一個廉價的舊打氣筒，他的小臉和衣服看起來總是有點髒兮兮的，但如果問我當舖裡誰的脾氣最大……

就是他，這個一點懸念都沒有。

他叫淘氣，用鼻孔看我的次數比用眼睛看我的次數還要多。

「咿咿！」

但自從這個聲音出現以來，淘氣除了書書之外，又多了一個剋星。這是一名頭髮雪白、約莫只有四五歲的小姑娘，她身穿考究的黑紗裙禮服，頭頂斜戴著黑色小禮帽。

她叫依依，她不會說話。

此刻，她正用琥珀色的大眼睛瞪著上方，肉乎乎的小手使勁往上搆著，目標似乎是不知何時出現在李霍端手裡、顯得老舊的青銅鑰匙。

她的個子太過矮小，站在地上使勁向上揮舞，彷彿一隻被主人用食物逗弄的小貓——看來她完全忘記自己能飄起來了。

……不，前言撤回，看她臉上表情，她根本不是忘記，只是覺得很有趣的樣子。

「好奇怪的鑰匙哦，是裝飾？還是古董之類的……」李霍端將它拿在手上拋了一拋，而在他眼前看不見的是，依依也在下面一蹦一蹦的。

青銅鑰匙的款式是現代門鎖都不會用到的，他會這麼覺得還算正常——事實上，我到目前為止也搞不明白這把青銅鑰匙為什麼會到我手上。

「這是謝禮，也許以後能對你有些用處。」

這是阿湘消散前對我說的話，我不太明白他的意思，因為到目前為止，我還真的沒看出這把青銅鑰匙有什麼用——除了依依好會賣萌。

雖然不會說話……不，或許正是沒有語言能力的關係，她那份率真的可愛贏得了當舖內所有物靈的好感，魅力值幾乎超過了書書。

「你從什麼地方拿的？」我沒好氣地對李霍端說著，這傢伙出手拿別人東西的速度每次都讓我咂舌，我估計是學校裡惡作劇練出來的。

「別在意這種小事啦～哦，對了！就用這個當飯錢吧！」他自顧自地說著，然後從口袋裡掏出一根細細的繩子，穿過鑰匙上的孔，肥嘟嘟的雙手俐落地打了個結，最後很隨意地往我眼前一遞，「盡情高興吧，這是大天才李霍端出品的項鍊，還是處女作！有沒有賺到的感覺？」

啊……我快受不了他了。

正當我準備拒絕他愚蠢而無恥的提案時，卻發現依依那雙琥珀色的瞳孔閃爍著喜悅的光芒，「咿咿～～」

呃，難道她喜歡嗎？可我是有原則的人！而且我在網路看上一款限量版的七味唐辛粉好久了……

「咿……」似乎因為我的猶豫，依依閃亮的雙眼頓時有些黯淡，原本高舉的雙手也放了下來，很乖巧地沒有再做出想要的行為和呼聲——但這樣更受不了好不好？

「啊啊～你們看那小氣鬼的表情，完全沒有……」一隻穿著禮服的貓頭鷹，以一種優雅的動作飛到我面前。他叫布穀，是布穀鳥鐘的物靈，正高傲地看著我，「完全沒有時間的感覺！遜斃了。」

在很多時候，我基本聽不明白他到底想說什麼，至今都不知道什麼叫「時間的感覺」。

此外，雖然他一直自稱很有時間觀念，卻已經落魄到了一旦進入物靈睡眠狀態，秒針就不動的尷尬局面。

更尷尬的是，他非常嗜睡，一天要睡十到十四個小時左右。因此每天早上，他都會問我時間。是的，你沒看錯，他是布穀鳥鐘，卻會問我「現在幾點」這種問題。

這和當鋪老闆賣不出東西一樣失敗。

「你敢說個『不』字，你以後就騎著破輪胎的自行車上街好了，笨——蛋！」淘氣很神氣地站在我的椅子上，一手扠腰，另一手對我囂張地搖晃著食指。

「少一頓飯錢又不會死，這個吝嗇鬼。」這句話不知道是哪個混蛋說的，我沒聽出來。

「如果他硬要收錢，老燈，你就按照六十塊的電錶放電好了……」

我記住你了，是咖啡勺你這只值十塊錢的傢伙吧……

「阿樂……」

竟！然！連！書！書！都！淪！陷！了？

「我知道了啦！都閉嘴，你們這群傢伙！」我咬牙切齒地說了一句，卻沒想到讓對面的小胖子嚇了一跳。

「你幹什麼!?不喜歡也不用這樣嘛！我我我我我不怕你哦……」他向後小小地跳了一步，然後將套著鑰匙的繩子……嗯，現在該叫項鍊了。總之，他用手指勾著，把項鍊像武器一樣甩了起來。

「好吧，給我吧，便宜你了。」我向李霍端伸出了手。

「哈？」李霍端瞪大雙眼，「你要不要看醫生？」

我感覺到自己的胃在疼，「你到底給不給我？還是說你想……」

我的話還沒說完，就發現小胖子玩過頭了，也不知是不是他甩得太用力，那個鑰匙項鍊被他朝著店門的方向甩飛了出去。

而好死不死的是，在一陣風鈴輕響中，店門此刻被人打開了……

難道是客人？千萬不要砸到我的財神爺啊啊啊啊！

鑰匙項鍊在半空中劃出一個弧線，向來人飛了過去，卻被對方突然伸出的手，穩穩地抓住了……繩子。

「哎呀！」青銅的鑰匙還是撞在他的臉上。

啊啊啊啊啊啊！我下個月的生活費就這麼被砸了一個窟窿啊！

——我的限量版七味唐辛粉，再見了。

「你怎麼亂扔東西？都砸到人了！」

別誤會，這句話不是客人說的，說這句話的人是——李・霍・端！

我看到客人捂著自己的鼻子，冷冷地看向我，不由得頭皮發麻。我轉頭看了看李霍端，發現這個小胖子滿臉正色地看著我——沒有半點心虛的樣子。

店裡的空氣在此刻似乎一下子凝固起來。

「呵呵，對不起，不小心沒抓緊……」我乾笑兩聲，「歡迎光臨。」

我居然順著氣氛就承認了……突然好討厭這樣的自己。

「你就是這麼歡迎我的？」

來人站直身子，將捂著鼻子的手放了下來，露出微紅的鼻尖。這是一個梳著馬尾的年輕男子，他身穿一件紅白相間的格子襯衫，袖口挽起，下面穿著一條帶有黃白漆點的牛仔褲，俊秀的五官，下巴處微青的鬍碴，眼神犀利地瞪著我。

氣場好強的樣子，有點被震住了——

但這是錯覺嗎？總感覺有一股敵意。他彷彿就算被砸到了，也是一副有心理準備的樣子……

「閔姿讓我來的，她說你可以幫我。」

咦咦？這個奇異的展開是怎麼回事？委託目標自己上門來了嗎——我都還沒準備好。

對了，說起來，閔姿並沒有告訴我她表弟的名字。

「那個……你哪位？」我心裡盤算著對方還會信任我的可能性有多大，畢竟第一次照面就被襲擊的事實，在某種意義上也算是調性不合了。

「……祝泉。」青年男子看了我良久，才皺著眉頭緩緩道出自己的名字，看上去他很懷疑我的樣子，「閔姿的表弟。」

「哦哦，你好，叫我阿樂就行，關於你畫畫的事……」我搓了搓手，企圖將話題帶入一個讓氣氛不是那麼尷尬的階段，卻被祝泉迅速打斷。

「我沒興趣找你幫忙。」祝泉冷冷地說道。

「呃……」我不由得一愣，隱約感覺到他的敵意更濃了，「那你今天來是想？」

「買一套用得順手的繪圖板和電繪筆，順便……」祝泉下巴一昂，眉毛微挑，「來近距離看一看你……哼，我真不知道閔姿是怎麼看上你的。」

呃，兩個男人的話題是談論一個女人，然後其中一個男人帶有敵意——莫非是傳說中的情敵模式？

我因為驚訝而張大了嘴巴，突然間腦中靈光一閃——我想起來了，我見過祝泉。

就在我被閔姿從警察局裡帶出來後，在大街上看到的那個男子！看他當時失魂落魄的樣子，八成是被閔姿近距離的一吻刺激得不輕。

不知道如果我現在說我對閔姿完全沒興趣，他會不會當場打死我然後碎屍……停！

沒錯，還是停止這個愚蠢而危險的主意吧，在談戀愛階段生物武力值的上升幅度，基本上就是從王朗瞬間升級到趙雲的概念。更何況身材魁梧的王程不在這裡，論打架的話，我一定會在第一時間親吻三天沒掃的地板。

情敵模式是很恐怖的，我還是不要惹他好了。

什麼？這樣顯得很沒出息？有出息我就不做當舖老闆去當CEO了。當舖老闆就是得沒出息，才顯得有職業素養！

「請問你要什麼樣的繪圖板和電繪筆呢？」我努力保持著職業化的微笑——我敢發誓我這輩子從沒笑得那麼專業過。

我清晰地看到祝泉眼底閃過的不滿，似乎我沒有在閔姿的話題上繼續和他聊下去，讓他的滿腔鬥志無從發洩。

「都拿出來，只要能適合我的就可以。」祝泉略帶挑剔地掃了一眼我店裡的擺設，皺了皺眉，好像有點嫌棄，「錢不是問題。」

嘖，在當舖裡買二手貨這麼大口氣，也沒什麼好驕傲的吧？

我心裡這麼腹誹的同時，做了手勢讓他稍等，便走到店裡的倉庫裡翻找。

關於繪圖板和電繪筆，如果不是某個令我印象深刻的中年婦女臉色難看地低價賣給我一批，恐怕店裡不會有什麼存貨。

至於我為什麼印象深刻，因為除了少見之外，我還記得那個大媽彷彿丟垃圾一樣，我出多少價格都無所謂的表情。

而那個大媽旁邊還有一個在哭泣的少女——她的夢想似乎被自己的母親親手捏碎了。

當然，她的母親這麼做並不是沒有理由，因為對有些長輩來說，現代畫耽美漫畫和古代寫造反宣言是同一個性質。

都是會被殺頭且株連九族的罪。

因為少女看上去只是普通的學生，東西其實並不算高檔，所以我打算只要他看上了，就以任意一款八百塊賣給他。

所以結果也可想而知。

「不行，沒有會畫的感覺。」

祝泉毫不掩飾臉上的失望，試著凌空畫了幾下後，便放下手中最後一款電繪筆，看來他真的很煩惱。

「呃……你想要什麼樣的？也許我可以留意一下。」我小心翼翼地舉手建議，以防武力值進入蜀國五虎將級別的「情敵」先生，在我的當舖裡直接開戰。

「……」祝泉沒有理我，只是站在原地，低著頭沉默不語——這傢伙不會是在累積怒氣值吧？

旁邊的小胖子李霍端彷彿聞到了危險的氣息，打了個哈哈，「啊哈，今天時間差不多了，我該走了哦。阿樂，再見～」

嘖，你的帳還……算了，反正他在也沒什麼用……

「砰！」店門在小胖子走時隨手被他關上——他以前怎麼沒這種好習慣！是想製造殺人密室的可能性嗎？

不知道為什麼，房間內雖然少了一個胖子的存在，卻莫名地顯得更加狹窄了。

就在我幾乎忍不住要出聲打破這個尷尬氣氛的前一秒，祝泉終於開口了，並且問了一個我沒有想過的問題：「你怎麼把她追上手的？」

哈？

呃，他是指閔姿嗎？

「呃，其實……」我剛想辯解我和閔姿不是他想的那種關係時，突然想起閔姿笑咪咪時、露出小虎牙的表情，忍不住心中一寒，決定還是不要戳破她刻意創造出來的謊言比較好，「嗯，我沒追啊……」

「什……麼!?」

祝泉這個反應好像深受打擊，「是她追你的？」

「也不是啦。」我搔了搔頭，「我也弄不明白誰追誰。」

「這種糊塗蛋居然能……」他滿臉的挫敗感，自言自語著。

「咳，我聽到了哦……」我乾咳一聲，試圖讓他收斂一些，雖然我沒什麼出息，但還是有尊嚴的！

「啊？你說什麼？」他似乎沒有聽清我說什麼，茫然地轉過頭來看著我，我這才發現他眼底隱約可見的疲憊。他最近似乎沒有休息好，眼白邊緣微帶血絲。

「……我是說要不要泡杯茶？」

還是不和他計較了，我艱難地吞了一口口水，「我的店裡大概沒有能讓你滿意的東西，如果你不介意，你可以和我說說你畫畫的問題？」

祝泉微微一皺眉，看得出來，他很不想談這方面的問題，從表情中能夠讓人感覺到明顯的抗拒情緒，「我沒得病，也沒有抄襲，沒什麼好談的。」

嗯，看來閔姿沒和他說我是做什麼的，並且這段時間，他恐怕承受了不少質疑，壓力很大。

「你看我像精神科醫生或者律師嗎？」我擺擺手，示意他放鬆，隨後看到他打量我幾下後，似乎被說服了一樣，神情微緩。

「那你想說什麼？」

「很簡單，告訴我你到底發生了什麼。」我走到他身邊，將一把摺疊椅擺到他面前，「也許我可以幫點忙，用自己的方式。」

他似乎有些詫異我態度上的轉變，或者說，他比較詫異一個當舖老闆不熱衷做買賣的不敬業形象。在疑惑中，他坐到了椅子上，「你？怎麼幫？」

「老帚，這些天都沒怎麼掃地……」比起一開始說些讓他把我當騙子的話，還是先讓他看看事實比較好，我打了個響指，「麻煩一下囉～」

我的話音一落，角落裡一把老舊木掃帚詭異地直立，在我眼中，一名身高還沒有掃帚高，身穿蓑笠的老者沉默地出現，握住掃帚柄，一言不發地掃起地上的灰塵——但祝泉，他只看得到一把掃帚自動在掃地而已。

所以他霍然站起，因為驚懼而用力過猛，將我的摺疊椅碰倒在地上，發出一聲碰撞聲。

「這……這是什麼？」他看向我的目光好像在看一名邪惡的魔法師。

「我自己的方式。」我將被他弄倒在地的摺疊椅重新扶起，手一伸，「你沒有辦法理解自己的畫技為何會消失，自然也同樣無法理解現在發生的事。但至少，祝先生，我也許真的有辦法幫你。」

祝泉看了看依舊在掃地的掃帚，又看了看我，滿臉懷疑，「這是什麼把戲？魔術？」

「有些物品會有靈魂，我只是拜託他們幫忙而已。」我走到一邊，從櫃子裡拿出玻璃杯，將準備好的涼茶倒了出來，「能理解吧？」

「我懂了。」祝泉看了我良久，最終有些不可置信地點點頭，「你是捉鬼的大師。」

「啊哈哈哈哈哈！阿樂是捉鬼的！」

「沒辦法，他的臉看上去就透著一股招鬼相啊！嘿嘿……」

「還是大師咧……」

「大師啊！你最近的錢包有血光之災啊！」

……

祝泉話音一落，整個店舖裡就出現了此起彼落的笑聲和吵鬧聲，都是一群不把我放在眼裡的傢伙！

「我不是捉鬼的。」我感覺到自己的面部在抽搐，「我不是你想的那種神棍！」

「那你是哪種？」祝泉一臉好奇，「神棍，分很多種嗎？」

「總之不是神棍。」我咬牙切齒地說道。

「很生氣？」祝泉似乎注意到我的不悅，顯然他比表面上看上去要敏銳得多，當我以為他會換回正常的稱呼時，他又補充了一句，「唔，廟裡的大師好像也不喜歡被人叫神棍。」

「也不是大師！」

「……哦，不是就不是好了。」他滿臉不情願地點點頭，很勉強才相信……哦不，完全就是不想和我爭的樣子。

嘖，我又被他看不起了。

第三章 胖次的興奮，怪獸

「這是你的啊？」

我看著面前的一輛摩托車，它的外觀復古到了誇張的地步，一身漆黑的加長加寬車型，如果我沒看錯的話——這是一輛老款的哈雷重機。

我甚至不敢肯定是否還在生產。

看樣式似乎是巡航車系，算是Harley-Davidson極為古老經典的一系，體型大多寬大，且擁有長途旅行的能力，足以讓兩個人騎乘外帶一大堆行李。

而且根據一些古老的電影，好像很多復古的黑道人士都挺喜歡的，有一種汽車無法比擬的魄力。

完全看不出，他性子倒是挺狂野的。

「嗯。」祝泉淡淡地應了一聲，那臉上的表情就好像一個世襲貴族騎著純種馬，而我就是一個沒見過多少世面的草民……

他帥氣地跨上了自己的座駕——就差一件皮質披風了。

「話先說在前面，我從來不載男人的。」祝泉面無表情地從後面拿出一頂黑色的安全帽戴上，「你自己想辦法跟上。」

「為什麼男人不行？」我問這個問題倒不是想搭便車，單純只是因為好奇。

「……」祝泉沉默地把頭盔上的擋風鏡拉下。

好吧，他根本不屑回答這個在他看來十分基礎的問題。

「那個……」我尷尬地摸了摸下巴，「或者你把住址告訴我？我找過去也可以，不過要稍微等一下。」

「……」祝泉還是沒回答我的問題。

嘖……不會連家庭住址的告知對象也有性別限制吧？他到底有多少怪癖……

隔了好半晌，祝泉才緩緩地開口了：「……我從來不記那種東西。」

「哎？」

「我從來不記自己的住址。」祝泉用修長的手指輕輕敲了敲自己的頭盔，發出沉悶的聲響，「既然我認識路就可以回家，那麼地址什麼的就只是給別人用的，我為什麼要記別人需要的東西？」

這種詭異的邏輯好像意外的有點帥，還說得通的樣子……但問題來了，難道我要叫計程車跟在後面嗎？我腦中開始出現八點檔裡元配跟蹤丈夫或者妻子，準備活逮其出軌證據的場景，我記得那句臺詞是——

「司機，跟著前面那輛車！」

想到這裡，我忍不住打了個寒顫，不行，我沒辦法和司機開這個口，太丟臉了！

「……我騎自行車跟著你行不行？」

祝泉原本已經看向前方了，聽到這句話，他又把頭轉過來，安全帽遮擋的關係，我看不清他的表情，但我猜一定很奇怪，「……這是重型機車。」

「你騎慢點嘛……」

「在大馬路上和自行車一樣慢？」

「對。」

「那好丟臉，不行。」

「……」

於是我開始衡量我和他的顏面究竟誰比較重要，毫無疑問當然是我的……但他大概也是這麼想的。

交涉成功的可能性非常低，那麼只有一個辦法……
於是我讓祝泉等一下，他只是點點頭，應該沒什麼異議。之後我便走進店裡。
對了，我把胖次放哪了？
我記得胖次總是和某個討厭的打氣筒混在一起……對，就是現在這個霸占我椅子的灰髮小男孩，相信我，他根本沒有看上去那樣可愛。
「你又忘記把東西放哪了吧！」淘氣用雙手揪住髒兮兮的小臉，做出誇張的鬼臉，舌頭對我囂張的抖動著，完全沒有身為房客面對房東大人時應有的畏懼感，含糊不清地說著：「求我吧，求我我就告訴你哦～吧啦吧啦～」
啊……這小鬼太討厭了，尤其是他對我吐舌頭的時候，不過身為一個成熟的青年，我要保持一種讓我自己可以陶醉的大度，所以我笑咪咪地對淘氣說：「乖，告訴我，胖次在哪？」
「叫我淘氣大人！」
「……」我看了他良久，卻發現他向我頭一昂，並用手指習慣性地繞著額前的灰色瀏海，左邊的眉毛微微上挑，看上去完全沒有妥協的意思。

「咕咕！主人，浪費時間可是不行的咕……叫吧！咕咕！」說話的是穿著黑色西裝、戴著禮帽和單片眼鏡的貓頭鷹，布穀鳥鐘的物靈——布穀。

「主人，咕！你應該像我一樣樹立正確的時間觀念，這個世界上，最珍貴的就是時間了，咕！」

雖然我對於一個會忘記時間的鐘，竟然還敢提醒我不要浪費時間感到不屑，卻也知道祝泉還等在門外，不能拖太久……這件事如果不辦好，天知道閔姿會不會放過我——還有她媽。

「咳，淘氣大人……」

「叫了我也不告訴你！哼！」

「……」

這死小鬼大概一開始就只是想占便宜而已，對他有所期待的確是我太蠢。可惡，我為什麼會忘了那把瑞士刀放在哪呢？

「書書，麻煩妳……」我剛起了讓書書去搞定淘氣的想法，卻發現書書悠哉地翻著我之前放在桌邊的書籍。

她那白皙的手攤開，緩慢而優雅地每揮舞一次，那本書籍便會翻過一頁——重點是看樣子她根本沒打算理我。

原來如此，因為是閔姿的委託，所以有些不情願了吧？

竟然連書書都……我不由得大感頭疼。

「咿咿！」依依不知何時出現在我的腳邊，她太嬌小了，導致我根本沒注意到她剛才在哪。

她看上去已經使出全力大聲叫著，小臉憋得通紅，聲音卻依舊彷彿小貓一般柔弱，用肉乎乎的小手指著桌面上的筆筒——

啊！我想起來了，我把胖次放筆筒裡了。

「啊……」淘氣一下子變得垂頭喪氣，似乎因為依依的「出賣」而深受打擊。隨後他從自己的口袋裡，不情不願地掏出一隻呼呼大睡的米色倉鼠，赫然就是胖次。

而我也總算找到了胖次的本體，也就是那把瑞士刀。

「胖次。」我用手指輕輕碰了碰瑞士刀，只見那隻剛才還在酣睡的倉鼠猛地跳了起來——

「誰摸我尾巴!?」胖次惱怒地飄在空中，環視周圍，然後看到自己的本體在我手中，頓時明白過來，「幹什麼?變態。」

「要幹活了。」胖次喜歡睡覺，並且有嚴重的起床氣，所以我不打算和他計較稱呼上的問題，「打起精神來，胖次。」

「叫我哈姆太郎!」

「好的，胖次。」

「……」

我不管即將陷入狂暴狀態的胖次，轉過頭看向已經停下閱讀的書書，想了半天最終也僅僅是憋出一句：「能幫我嗎?」

「……」書書看了我良久，半晌沒有說話，當我以為她準備繼續低下頭閱讀的時候，卻見她緩緩搖了搖頭，瞥了我一眼，便看向窗外，淡淡地說道：「你別老是這樣，阿樂。雖然不喜歡那個人……但我還是會幫你的。」

「呃，啊?哦……」我被書書那一瞥看得心微微一跳，莫名地感覺到一絲慌亂，「那個，不好意思哦。」

「咿咿！」依依在我身邊揮舞著肉乎乎的小手，以示其存在。

「哦，依依很乖哦。」我隨口敷衍了一句，就開始整理自己出門時需要準備的東西，而且還需要把店門鎖上——今天肯定是無法營業了。

「咿咿！咿！」

唔？依依今天怎麼特別興奮？我低下頭，當我看到那對琥珀色的瞳孔散發著乞求的光芒時，我意識到依依剛才可能並不只是為了幫我找胖次。

「怎麼了？」

「咿，咿！」依依吃力地比劃著，指著剛才那個筆筒，又指了指自己，再指指我，最後雙手用力一張。

她到底什麼意思？

我一頭霧水地看著她，倒是在一旁的書書似乎已經看出來了，「阿樂，依依也想和你一起去。」

哈？我看了書書一眼，又望向已經安靜下來的依依，她正乖巧地將剛才有些亂掉的白色長髮理整齊，然後使勁點著腦袋。

我想起來了，剛才砸到祝泉的鑰匙，被我撿起後，就隨意地放進了這個筆筒。依依剛才不是為了告訴我胖次在哪，而是為了告訴我她自己的所在位置。

我不太確定依依是否是物靈，因為她是我從消逝的阿湘那裡得到的東西，按照以前的經驗來說，青銅鑰匙這種實物是不可能被物靈製造出來的。

因為這根本是兩個次元的存在。

物靈也許可以創造出靈質的東西，但應該無法創造出實質的東西才對。甚至有相當多的物靈，連物理性的干擾都做不到。

但那把青銅鑰匙可以被一般人看到、觸摸到，確確實實擁有了實質，從這個特點上來說——它真的是物品。

根據以往的推斷，物靈的誕生條件，是需要一定濃度的情感以及一定長度的時間才對。然而從阿湘創造出青銅鑰匙，到我發現依依存在，間隔時間並不長。

並且，我還未給青銅鑰匙取「依依」這個名字，她就已經出現在我的面前。

沒有名字卻擁有物靈姿態的物靈，並不能說絕對沒有，但無疑是少之又少的。

依依真的是物靈嗎？而那把「青銅鑰匙」真的僅僅是「青銅鑰匙」嗎？

阿湘告訴我，這把鑰匙能幫助我；可到現在為止，我還沒有發現這把鑰匙、或者說依依有什麼特別的地方。

我看著這個打扮彷彿貴族一般的小女孩，忍不住搔了搔頭髮，「妳跟著去幹什麼？我不是去玩哦……」

「咿咿～」依依露出甜甜的笑容，長長的雪白睫毛忽閃忽閃地眨，可愛得讓人想無條件答應她任何事，但我不敢肯定她是否有聽懂我的話。

我試圖勸解依依放棄自己的打算：「也許還是店裡有趣，妳看，店裡還有好多人可以陪妳玩，出去做事的話，會很無聊的哦……」

不過依依還是搖頭，然後扶了扶腦袋上好像因為動作而偏了些許的小禮帽——我以前怎麼沒發現她這麼固執。

「阿樂，自從她來了以後，你還沒有帶她出去過呢。」書書在一旁為依依幫腔，我很少見到這種情況，書書一般情況下總是更偏向我一些，讓那些物靈們別給我添太多麻煩。

我詫異地看向她，「書書？」

她似乎也有些疑惑，歪著腦袋想了一下，最後還是搖搖頭，「不知道為什麼，我覺得還是帶上她比較好。」

直覺……嗎？

真少見，書書一向不太相信這種東西。

於是我舉起雙手做投降狀，表示沒問題，並且把那個已經變成項鍊的鑰匙拿了出來，掛在自己脖子上，卻隨即感覺自己的樣子有些怪——

那些回家的小學生，或者有老年痴呆的老年人常這麼把鑰匙掛在胸前。

做為一個服務業業者，我還是得稍微注意自己的形象，至少看上去得體面一些。所以我改為把它繫在腰間，並將鑰匙塞進口袋裡。

「咿～～」依依發出一聲孩童獨有調皮的滿足聲，雙手對我大張——這是要舉高高嗎？

但我可抱不了，一個擁有實質軀殼的我，根本沒有辦法直接觸碰物靈。我傻傻地站在原地不知如何是好，書書看出了我的窘境，飄過來，伸出手，將企圖撒嬌的依依抱起。

「咿！咿！」依依似乎對我的不配合很不滿，皺著眉頭揮了兩下小手，便好像生氣一樣轉過頭，埋在書書的懷裡不吭聲了。她時不時彷彿小貓一般地動一下，格外惹人憐惜。

隨後我便從店鋪的後面將一輛舊自行車拿了出來，捏了捏輪胎——嗯，還行，不用麻煩淘氣那個囂張的小鬼了。

「主人好。」一個身穿多功能口袋米色工作服、頭戴護目鏡的少女出現在我面前，她怯生生地看著我，同時小心翼翼地整理著自己的雙馬尾，「今天要出去嗎？」

「是的，另外，我需要妳幫個忙。」我盡量以一種輕柔的方式回答她，她叫貞德，是個自卑、卻心地善良且特別可靠的自行車物靈，「我今天想要快一些。」

「好……好的，我，我會努力的。」貞德紅著臉，雖然不安，但還是沒有猶豫地答應了我。

順帶一提，我根本不會騎自行車，不過因為有可愛的貞德少女幫我，我至少收到過四次自行車俱樂部言辭懇切的邀請函。

當我推著這部自行車出了店門，將屋子鎖上，同時將掛在門外的「OPEN」牌子翻了一面，換成了「CLOSE」的字樣。

「大牌，別讓他們亂來哦。」我對著那塊木製的牌子說著，「我上次回來，他們把房間弄得一團糟，老帚都生氣了。」

「就算有衝突，我也會讓他們公平決鬥的！」一隻戴著拳擊手套的灰色小袋鼠從牌子裡冒了出來，對我很有氣勢地揮了兩下左勾拳、右勾拳，「主人你就放心吧！」

……這樣反而更擔心好嗎！

「……我不是這個意思。」我感覺到臉頰微微抽搐了一下，眼前這個頭腦明顯不大正常的小袋鼠是一塊營業掛牌，是我從一個健身中心的老闆那裡得到的——我沒付他一毛錢。

或者說，這塊營業掛牌是我從健身中心的老闆那裡得到的報酬之一。

也許是耳濡目染，或者是別的什麼緣故，這塊被我取名為「大牌」的袋鼠，瘋狂地熱愛拳擊這項運動。

「OPEN」狀態是休息時間，而「CLOSE」則是精力旺盛的上場時間，他總是希望尋找各種可以比賽拳擊的對手。

所以剛來店裡的時候，他的態度十分囂張，導致惹到了一個更囂張的存在——淘氣。

結果對方命令某隻倉鼠把他揍了一頓後，他就老實了不少。

而他的特殊能力，就是看家，當我把營業掛牌翻轉過來成為「CLOSE」時，整個茶飯屋都會成為專屬於大牌的拳擊臺，相當於一個絕對封閉的空間，沒有人可以進去，也沒有人可以出去。我曾經在要換新的櫥窗玻璃時做過實驗，拿了一把建築工地裡的鐵鎚，在翻成「CLOSE」的狀態下，狠狠砸向櫥窗玻璃——結果我去醫院打了個雙手的石膏。

在不知道營業掛牌奧祕的情況下，茶飯屋將成為一個外邪不侵的狀態。

「總之，不許打架。」我叮囑了一句，便推著自行車來到祝泉面前。

先開口的不是我，而是他，他的口吻中略帶遲疑——

「你就準備用這個跟著我？」

「嗯。」我面無表情地點點頭。

「我不會等你的。」他企圖再次強調自己的觀點，「不然好丟臉。」

「我知道，你說過了。」

「……」祝泉好久沒有出聲，過了一會，他才冷冷地開口，即便隔著頭盔，我也能聽出他明顯的不悅，「你在瞧不起我的重機嗎？」

「我騎自行車很厲害的。」我懶得向他解釋自行車物靈的事，很認真地告訴他：「真的很厲害。」

當然，不可否認還有一個身為運動廢柴的自尊心。也許很多人不能理解，但肌肉男永遠不懂得連一個引體向上都做不到的痛苦。

「那就試試吧，反正我不等你。」說完這句，祝泉似乎生氣地轉過頭，發動了重機，在引擎的轟鳴聲中，一騎絕塵——

不，還讓我在後面吃灰——呸呸！

我每踏一下自行車的踏板，自行車就詭異地多出一股力道將我向前推，這是來自貞德的助力。

我踩得越用力，從她這裡得到的助推就越多，總之，我還是勉勉強強地跟上了那輛重機──

等等。

雖然現在跟上了，但我好像還不知道他住哪，而祝泉騎著的是可以長途奔襲的重機……我不會這麼倒楣吧!?

就算有貞德幫忙，但也還是要用腳踩的！早知道剛才先跟他要手機號碼，這下慘了！

迎著狂風，我的頭髮向後飄起，同時忍不住感覺到嘴裡有點發苦。雖然懊惱之前考慮不周，卻還是使勁地踩著踏板，跟著前面那輛一點想停下來的意思都沒有的重機。

有時我還可以聽到周圍路人的驚呼和咒罵，顯然我騎自行車一閃而過的速度嚇到了他們。

坐在自行車後座的書書一言不發，我沒有辦法看到身後的她是什麼表情，但估計一定很奇怪。而依依則在書書懷裡興奮地「咿咿」叫，顯然她覺得這種前所未有的速度很刺激——

我的大腿也很刺激，快瘦死了。

「阿樂，為什麼不叫計程車？」書書終於忍不住開口問了這個讓我有點尷尬的問題。

「呼……呼……因為……呼……不好意思啊！呼……」我一邊喘氣，一邊大聲回答，「如果……呼……讓人以為……呼……是跟蹤狂的話……呼……」

「白痴，你只是心疼車錢吧！」

這個毫不客氣捅我一刀的討厭聲音，毫無疑問一定是胖次。

「我……呼！才沒那麼……呼……小氣！呼……」

不行，要累掛了！

正當我感覺自己快堅持不住時，我發現祝泉的重機在來到一個住宅區後減速，並微微一拐，不由得精神一振，這是要到家了的預兆？

「阿樂！」

書書突然急促地叫了我一聲，我氣喘吁吁地剛想問怎麼了，眼前的景象卻讓我本能地抓緊了自行車的剎車。

「嗤——」

「咿——」依依也同時發出一聲驚叫。

自行車輪胎在地上摩擦出充滿熱量的聲音，如果是平時，我大概會立刻對貞德說聲抱歉，並在回家後趕緊替她換上新的輪胎。

但此刻不會。

如果你要問為什麼的話，麻煩先回答一下我的問題——

為什麼這裡會有一隻哥吉拉！是的，我絕對沒看錯！在那處住宅中，驀然出現了一隻身高足有百米的龐然大物！

站立的行走姿態、巨大的尾巴、尖銳的背脊加上猙獰的臉部，遠比３Ｄ電影院還要來得真實！

等等！祝泉呢？

我突然發現祝泉不見了，轉頭看向四周，卻見周圍沒有任何人注意到這個動靜，好像只有我看到——那隻哥吉拉，正踏著穩健的步伐向我走來。

牠每走一步，我就覺得地面跟著震了一下。

迅速從懷裡掏出瑞士刀，我也不管有沒有用，就以最快的速度將其展開，同時說了一句：「胖次，幹活！」

「叫我哈姆太郎啊！你這混……」胖次忽然騰空而起，周身瀰漫出滾滾黑霧，迅速擴散。最終，一對猩紅的眼神在黑霧中展露——

「屠戮者模式‧啟動。」

一道冷漠的男聲在那眼神亮起的瞬間出現，之後一把足有兩公尺長的黑色雙手劍破霧而出，劍柄則被一位穿著全閉式黑色鎧甲的武士握在手裡。

「指令？」

「只要別造成這裡太大的破壞，幹掉前面的大傢伙，做得到嗎？」我直入正題。

看到我說的目標，即便是變成鎧甲武士的胖次，聲音中也出現了些許凝重：「指令接收，目標確認‧目標預估‧判定：輸出功率80%，物理干涉‧禁止。」

變成這個狀態的胖次一下子顯得特別可靠，即便面對和高樓建築一樣大小的對手，依舊沒有表現出一絲懼怕。

「搞得定嗎？胖次？」

「退下。」胖次根本沒有回答我的問題，只是酷酷地吐出兩個字，便微一屈膝，整個人如彈簧一般壓縮後，驀然一跺腳——

我看到一陣透明的波紋在他腳尖下泛起，如漣漪一般擴散，當觸碰到我的時候，我感覺到自己被一股柔和的巨力推了出去。

眼角餘光中，我還看到書書、貞德和依依也被這股巨力推得遠遠的。

只有自行車留在原地，幾乎未動。

因為胖次此刻對擁有實體的物質沒有干擾能力，但我做為看得到物靈的人，也許是靈魂特質或者是什麼別的原因，也會被這種非物質力量影響，那麼自然會帶動自己的身體。

物靈可以離開本體，可我沒有辦法離開自己的身體。

胖次很少這麼做，會這麼做的理由在很多情況下都是無意識的。但出現這種情況，往往是因為一個理由——他在興奮。

我甚至看到他一躍而起的瞬間，鎧甲隱隱出現的顫抖。是害怕？不，這個狀態的胖次不存在懼怕這種情緒，至少我沒見過。

也許，更接近一種「武者震（註1）」的狀態。

註1　武者遇到足以一戰的對手，因而興奮得發抖，渴望戰鬥的感覺。

第四章 異樣的迷宮，依依

黑色的壯碩身影在我眼中一瞬間縮小，僅僅一個呼吸不到的剎那，胖次已然出現在百公尺外的哥吉拉頭頂，身體縱向旋轉著一劍劈下。

「鏘！」

一陣悠揚的金鐵交擊之聲傳開，讓我的耳朵感到些許不適，但我根本沒有工夫去細細體會其中的痛苦，因為我看到胖次竟然飛了出去，而那隻恐怖怪獸卻毫髮無傷，反而被激怒了，仰天發出一聲震天的咆哮。

胖次竟然落在下風，這是從來都沒有發生過的事。

周圍的人們依舊沒有反應，在哥吉拉踩在他們身上大步前行時也沒有人發現，因為他們無法看到，也無法被傷害。

但我……不在此例。

尤其是當我看到哥吉拉並沒有向胖次追去，而是通紅著雙眼向我踏步而來時，我就明白了——對方的目標是我。

不用跑，跑是跑不了的。

冷靜！

我感覺到自己的左手顫抖得厲害，心跳也開始加速，我深吸一口氣，強迫自己抬起頭，而不是被那充滿壓迫力的巨大身影擊垮神智。

我看到哥吉拉身上密集的鱗片，包裹牠的身體不受傷害——我記得這個可怕的怪物甚至能抵禦核武器的攻擊。

對了，我突然想到牠還有一招……

我的思緒還沒有連成一條線，就看到哥吉拉背後隱隱透出了藍色的光芒，心跳劇烈得幾乎要從我的口腔裡跳出來，彷彿那強烈的危機本能超過了我思想的速度，迫使我連想都沒想就發出了一道指令：「阻止他，胖次，你做什麼都可以……」

說出這句話的我，口氣竟然冷漠得讓我自己都產生一種驚訝的情緒。

「指令接收，指令再確認——什麼都可以？」

胖次從我身側出現，他的黑色鎧甲已然滿是裂痕，卻依舊沒有碎裂，那對閃爍著紅芒的瞳孔色澤反而變得越發濃郁起來，甚至機械般的聲音中，在說到最後一句話時，出現了一絲情緒上的波動。

是什麼情緒？我沒有分辨出來，因為實在太淡了，但那不重要。

「活下來才是最重要的，什麼都可以。」

「明白，限定解除，物理干涉・許可，輸出功率120%，進入超頻模式，極限安全時間・六十秒。」

一陣尖銳的次聲波從胖次身上出現，並且波蕩起伏，頻率越來越高，讓我忍不住皺眉捂住了耳朵。

頭好暈……

我還沒有想完這個問題，就發現哥吉拉那張布滿利齒的嘴中藍光閃爍，我知道那耀眼的光芒即將化為一道放射線噴射而出——沒錯，就是電影裡的那樣。

但一道模糊的黑色身影驀然詭異地飄在哥吉拉的下巴處——霍然便是胖次。

「目標・鎖定完成。」胖次的聲線依舊是原來的樣子，語調卻開始變得情感豐富起來。但不論怎麼聽，都讓人覺得心裡發毛，他甚至發出了一聲陶醉般的呻吟，

「啊……去死吧……」

那把黑色巨劍隨著胖次的話語，精準地刺入哥吉拉下顎處最柔軟的部分，僅僅微微一頓之後，劍刃便刺了進去！

沒有慘叫、沒有濺血、沒有震動，有的只是哥吉拉整個巨大軀體化為灰燼的塵土迎風飄散。

「阿樂，不對。」

書書牽著依依的手來到我身邊，她疑惑地環顧四周，「這裡好像……」對，都是假的。

我忍著頭微微暈眩的痛苦，看到一間 7-11 的門口，那個穿著紅色外套、瘦得像癮君子的青年「第三次」從這個大門裡走了出來。

可是很奇怪，我好像在哪部電影的宣傳海報上見過他。不僅僅是他，周圍有些人的面孔或多或少都有點面熟。

我還看到一輛沒有車牌的白色本田，至少繞了這裡六圈。

「怎麼這麼容易……」胖次帶著一絲失望的口吻回到我面前，但他眼中的紅芒卻絲毫未退。

「該收斂了哦。」我皺眉看著胖次，發現他的肩膀上不斷爆出火花，知道他此刻承受的痛苦已經快到極限。

「指令……接收。」

在這個狀態下，他似乎連自己的情緒都無法好好的控制住，但他還是服從了我的指令，眼中的紅芒迅速消退。

「喀啪！」

胖次驀然無力地跪在地上，用雙手抱著大劍不讓自己倒下去。進入超頻對胖次來說，會有很大的負擔。

過強的力量不僅難以掌控，就連平常的性情也會出現一定幅度的波動。一旦使用了這種力量，在一段時間內，胖次會因為虛弱而陷入沉睡，並且無法變成鎧甲武士。

隨後，他的身體爆出一團黑煙，迅速縮小，變成一隻肥肥的倉鼠掉到地上。胖次睡得很香，甚至鼻子上還有縮漲的泡泡——因為我把瑞士刀的零件都收起來了。

唯一的戰力沒有了，該怎麼辦？

很顯然，面前的一切都是幻覺，但我究竟是什麼時候進入幻覺的？唯一能確定的時間，就是看到哥吉拉的時候。這種電影裡才能看到的生物，活生生地出現在面前無疑太不可思議。

等等……

我看向身邊的書書——如果她也是假的，怎麼辦？

如果幻覺只是對人有效呢？

我隱隱感到一股莫大的恐懼，隨後便硬壓了下去，強迫自己的大腦運轉起來。當我看向被書書撿起、依舊還在呼呼大睡的胖次時——彷彿有一道靈光擊穿了我的身軀。

「喂！前面那位！請等一等！」

我大聲叫喊路邊的一個陌生人，但他沒有理我，依舊獨自前行，而周圍的人也沒有因為大馬路上有人突然這樣叫喊而產生什麼情緒。

回頭率是零。

原來如此，他們無法對我做出反應。

首先可以確定的，那個青年一定是電影裡的人，雖然我不知道他叫什麼，但他沒有對我做出任何反應，只是不斷在我的周圍重複出現。

而哥吉拉被我識別出來了，因為我剛好看過這部影片。現在仔細想想，哥吉拉會口吐藍色放射線，往往是在牠遇到麻煩的時候，平時並不會使用，因為這一技能對牠來說也是一個不輕的負擔。

那麼，明明胖次當時根本無法對牠造成任何傷害，牠卻馬上使用，無疑是一件不正常的事。想必理由只有一個——因為是我聯想到了。

我腦中有足夠的情報將牠識別，並且我的聯想促使牠以我最恐懼的方式襲來。一切的原因，都是因為我認識牠。牠和周圍的人包括那名青年在內，本質上沒有什麼區別。

如果無法識別，就無法產生聯想，牠只會和周圍的人一樣不理我而已。而一旦識別，可能就會和哥吉拉一樣向我攻擊。

這個思路若是沒錯，那麼書書、胖次、貞德和依依就不是幻覺，他們真實存在。這些幻覺八成就是一位未知物靈搞的鬼。

也許就是祝泉失去畫技的罪魁禍首。

嘖，我回家就把所有關於怪獸的影片刪掉——

可問題是，我該怎麼離開這裡？

書書沒有提前預警，就說明她根本沒有在自己的能力範圍內發現物靈，也就是那位物靈的能力範圍比書書還要廣的可能性非常大。

「咿咿……」

依依這個時候發出了意味不明的呢喃聲，我低下頭看向她，發現她指著路邊一家看上去好久都沒人打理的不知名店鋪。

裡面沒人，門也被一把掛鎖鎖著。

而依依，琥珀色的瞳孔中，正散發著我之前從未見過的神韻，深邃得根本不像一個幼女該有的。

我突然想到了那位在我眼前逝去的優雅青年所說的話——

「這是謝禮，也許以後能對你有些用處。」

同樣雪白的頭髮和睫毛，同樣琥珀色的眼睛，同樣擁有絕美容顏的兩個人，在此刻似乎重疊在一起。

「咿咿！」

依依的叫聲讓有些恍惚的我清醒了過來，腦中很快拋掉那位優雅青年的身影，向書書使了個眼色示意她拉著依依一起跟上。

而我則將倒在一邊的自行車扶起，對驚魂未定的貞德輕聲說道：「稍微再等一等，馬上來接妳。」

「嗯……那，那主人你要快點哦……」

貞德低著頭不安地搓著手，身軀微顫，眼眶微紅，似乎極怕自己被再一次拋棄。

「別怕，我就是把自己丟了，也不可能把妳丟下。」

「嗯！」

她的身軀停止了顫抖，似乎堅定不少。

我也終於安心了一些，便直接跑向依依指的那個老舊店鋪。隨著距離的接近，我才發現那家老舊的店鋪不僅是沒人這麼簡單而已，我隔著玻璃窗向裡望去——卻什麼都看不見。

我很確定這只是普通的玻璃窗，並不是那種模糊了視野的霧化玻璃。之所以這麼說，不是因為我看不見裡面，而是因為我真的看到裡面，卻什麼都沒有。

沒有地面、沒有牆壁，甚至沒有顏色。

就好像閉上眼時的感覺，有人說那是一片黑暗，可你真的閉上眼，去仔細分辨的時候，還是會發現——那根本什麼顏色都不是。

那扇窗的背後就是給我這種感覺。

但正是因為這種不合理，反而更讓我確信了這裡是整片幻境迷宮的破綻所在。通向現實的世界，可能就在依依所指的這扇門後面。

「咿咿！」

依依十分執拗地指著那扇門上的掛鎖，似乎要我打開它，我上前試了試，發現鎖得很死，而且可能是因為時間太久了，掛鎖已然生鏽。我甚至懷疑就算我真的有這把鎖的鑰匙，可能也無法將其打開。

胖次正在昏睡，唯一可能暴力破除這把鎖的大概只有我了，但這和沒輙根本沒有區別。

「咿咿！」

依依又叫了一聲，讓我不禁看向了她，發現她這次指的不是那把鎖，而是我。確切地說，是我腰上的那把青銅鑰匙。隨後，她又指了指那把掛鎖，並周而復始連連比劃，嘴裡還持續「咿咿」地叫著。

難道說——

我取下青銅鑰匙，打量了一會兒鑰匙，又看了看那個掛鎖。誠然，這把鎖是挺老舊的，卻沒老舊到用這種中世紀的裝飾鑰匙就能打開的地步。

當然，這僅僅是常理的情況下。也許是因為阿湘留給我的關係，也許是依依執拗地叫著的關係，我突然對這把鑰匙產生了一些信心。

於是我一隻手提起掛鎖，另一隻手將鑰匙伸向了鎖芯。

然後我看到青銅鑰匙開始微微發亮，散發出肉眼幾乎不可見的青光，隨著鑰匙和鎖孔的接近，光亮變得越來越明顯，卻沒有刺眼的感覺。

原本大小粗細相很多的鎖孔和鑰匙，不知道怎麼回事，竟然很詭異地契合在一起。那個明明比鎖孔粗的鑰匙，竟然順暢地插了進去。我屏住呼吸，輕輕一轉——

「喀嚓。」

這個聲音不是掛鎖打開的聲音，而是我眼前的整個世界——碎裂的聲音。

整個世界，似乎變成了一塊老舊的土牆，蛛網般的裂痕布滿所有角落，窗戶、人、狗、街道、路燈，甚至天空都開始碎裂，並且剝落下來。

「砰！」

彷彿一塊即將碎裂的玻璃砸到地上，所有碎片如爆炸一般散去，帶起的狂風吹得我的衣服獵獵作響，我吃力地瞪大眼睛看著——

我竟然已經走進了巷子。

或者說，我根本沒有從自行車上離開。我轉頭看向身邊的物靈們，發現書書也在茫然地看著我，胖次還在她的口袋裡，僅僅露出一個小腦袋酣睡著，貞德則欣喜地打量我們，而依依則是嘻嘻一笑——

「咿～～」

看得出來，她很得意。

「依依真厲害。」我笑著豎起大拇指，毫不吝嗇地誇獎了她一下。

「咿～～～～」

「一個人對著空氣傻笑什麼？」一道突兀的聲音突然從對面的小公寓裡傳出，我抬起頭一看，發現二樓的窗戶正開著，裡面的祝泉訝異地看著我，「你居然真的追上了，為什麼不去參加競速比賽？應該比你守著當鋪還能賺更多錢吧。」

聽到這句話，我從自行車上下來，把車推到了公寓下面，一邊小心翼翼地給貞德上鎖，一邊回答：「誰規定賺錢多的工作，就必須要去做了？做為畫家，難道你沒有遇到過這問題？」

我抬起頭，對著他反問。

祝泉微微一愣，然後第一次露出些許讚賞的微笑。雖然這一抹微笑很快就消散了，雖然這一抹微笑淡得幾乎讓我懷疑是不是自作多情，但我依舊覺得——他在笑。

「哼，看來你不像表面上看起來這麼無趣……」

「不，我人其實挺無趣的，別誤會。」我連忙擺一下手，走進了公寓，踏上樓梯。樓道很乾淨，沒有灰塵，也沒有明顯的破損處，甚至看上去也不算太舊，至少我沒有看到樓道的護欄處有什麼鏽跡存在，再加上周圍安靜的條件，看上去這裡的社區管理得很不錯，想必每個月的管理費也不是什麼親民的數字。

有錢是大爺……我心裡酸酸地想著。

「阿樂，就在上面。」書書突然在我身邊開口了，我轉頭看向她，她青色的瞳孔中閃爍著異樣的光澤，「他好像……很虛弱。」

「是嗎？巧得很，我們這邊也算戰力大減呢……」我看了一眼書書口袋中的胖次，「他沒事吧？」

「沒事，就是等他醒來，你得讓著他一點。」

「說得好像我平常不讓一樣……」我哼哼地說了一句，不屑地撇撇嘴。不過書書這麼一說，的確該好好謝謝他，這隻肥倉鼠有時候還是挺可愛的。

「阿樂……你……呼……混蛋……哈姆太郎……呼……」

也許是聽到了我的話，或者只是在作夢，胖次迷迷糊糊地回著嘴，死也不肯落下風的樣子。

……嘖，太囂張了。

當我上了二樓，祝泉已經把門打開，看了我一眼就往裡走，頭也不回地說了一句：「進門右邊有拖鞋，隨便拿。」

他真是有夠隨便的……是因為要拜託「情敵」所以特別不爽嗎？

我老實地進門，隨後反手將門關上，「書書，他在哪裡？」

「你進去就看到了。」書書的回答讓我愣了一下，隨即換上一雙灰色拖鞋，走了進去——什麼隨便拿，根本就只有一雙拖鞋！

而鞋上竟然還沾了一層灰，於是我輕輕用手拍打了一下。

鞋墊的感覺有些硬，可能是很少被人穿的緣故，所以並沒有變得柔軟。看來很少有客人來他家，朋友很少嗎？

「這種古怪的性格，朋友少也是很正常的。」

「阿樂……」書書輕嘆一聲，「你說這句話很怪。」

「……」我好像的確沒什麼資格說他。

門口的玄關細細窄窄的類似一條走廊，當我走進去後，卻發現祝泉根本不在意生活品質。

裡頭除了床外，只有一把椅子、一張電腦桌，還有一個僅僅床頭櫃大小的小冰箱、不知道多久沒用的空調，以及兩個木質的畫架。

電腦桌旁則擺著一箱泡麵和飲料——這一切都和一個騎著昂貴重機的人很不搭。

「只有可樂。」祝泉彎著腰從小冰箱隨手取出一瓶百事可樂丟給我，又自己拿了一瓶，一扭瓶蓋，隨著「嗤」的一聲，他迫不及待地仰頭喝了起來。

我看到他皺著眉頭，喉結上下移動，表情似乎因為碳酸氣體大量衝擊喉部而有些難受，卻又捨不得這股刺激感——喝可樂也能喝得那麼慘烈也算是個本事了。

我緩緩地打開瓶蓋，並沒有搭理祝泉，而是將目光投向電腦桌——上頭有個傢伙正以敵視的目光注視我。

就是他了。

這是一隻看上去很像小時候動畫片《獅子王》裡特別秀逗的狐獴，只不過眼前這位很考究地穿著中世紀典型的畫家制服，衣服的某些地方還染著顏料，頭上斜斜地戴著帽子，尖尖的鼻子在此刻有些緊張的抖動著。

「你好。」我向他打了個招呼，「聊聊？」

「哼！」他愣了一會兒，可能沒想到我能看見他，隨即很不友好地對我冷哼一聲，並不答話。

旁邊的祝泉則面色古怪地看了我一眼，又看了看他的電腦桌，但因為什麼都沒發現，所以他又把目光放到了我身上，「怎麼了？」

「和他打個招呼，別在意。你看不到他，交給我就好，還有……謝謝。」我提了提手裡的百事可樂，對著嘴就喝了起來，冰涼的觸感帶著一股寒流從喉部如瀑布一樣順流而下。

「呃，嗯……」祝泉退後了兩步，坐到床邊，看上去就像普通人看到格鬥家單挑時的反應，唯恐殃及池魚的樣子。

「我和庸人沒什麼好聊的。」物靈狐獴昂起頭睨了我一眼，然後嘆息了一聲，滿滿的自我陶醉：「庸人只會汙染我的靈感，唉……藝術家是如此的孤獨而悲哀！」

……嗯，某種程度上，能這麼自然地說出這種羞恥的臺詞，也是很了不起的特長了。

我用雙手撫平了因為不適而出現的雞皮疙瘩，乾笑兩聲，「怎麼稱呼？」

「聽好了，庸人，這是足以洗滌你心靈的名字——」狐獴在電腦桌上站得筆直，把本來就昂起的頭再次往上一揚，「拍檔。」

在他說完這個名字的剎那，因為頭揚得太高，頭頂的帽子從腦後掉了下去，露出光禿禿的頭頂——

「啊啊啊啊啊啊!!不!!」這位叫做拍檔的狐獴驀然發出一聲驚天地泣鬼神的慘叫，彷彿他掉的不是帽子，而是腦袋。

迅速撿起掉落的帽子，並將它死死地扣在頭頂，狐獴充滿殺氣地看著我，「你剛才看到什麼？」

「呃……應該，沒有吧？」我乾笑著違心回答。

「很好……」他滿意地點點頭，隨後又自言自語地嘟囔了一聲，「藝術家不可能是禿頭的。」

我突然覺得這次委託的難度有點大，我好像很難和他搭上話啊……

「就是你們毀掉了我的作品嗎？」拍檔話鋒一轉，氣哼哼地責問：「竟敢毀掉我偉大的藝術品，所以我說庸人沒有品味啊！」

作品？

難道他是說那個幻境嗎？如果有品味會死，我還是做一個沒品味的人吧……

不過說起來，這個物靈的能力範圍大得有點誇張，竟然超過了書書的感知範圍，很難想像他不靠任何媒介就能做到。

而當我開始懷疑，是否有媒介能夠延伸他的能力時，卻驀然想起來這裡的路上，有看到一個布滿整條街兩側的壁畫展覽……

「阿樂，他的本體在那個抽屜裡，是一盒畫筆，應該是用來畫水彩的。」書書在旁邊點了一句，「他現在雖然看起來很有精神，實際上卻很虛弱，可能之前我們的動作傷害到他了，導致他現在沒有辦法使用自己的能力……」

「我可不怕你們！無知而無趣的庸人們！」拍檔伸出一雙細細的爪子，十分不雅地對我豎起兩根中指。

也就是沒有辦法創造幻境嗎？

「我可以看看你的抽屜嗎？」我轉過頭向祝泉問道。我希望看看拍檔的本體，自然需要得到其主人的同意。

至於拍檔自己，反正我要看，他也沒法攔著我，權當彌補之前他嚇我的損失。

「抽屜沒鎖，裡面有點亂。」祝泉微微一愣後，又皺眉補充道：「但翻的時候小心點，別弄壞了裡面的東西。」

「當然，我一定小心。」我走到電腦桌前，看著一下子變得很緊張的拍檔，微微一笑，和氣地對他說了句：「別擔心，我不會對你做什麼，只是想正式見個面而已。」

「誰想和你見面！別拿你的髒手碰我！」

他的反抗情緒很強，如果可以，我真的不想勉強他。但既然他已經影響到了別人，我覺得我還是只能說抱歉了。

第五章 天才的渴望，妒意

抽屜裡有圓規、橡皮擦、膠水等等雜物，但最吸引我注意的就是那個塑膠盒，我看得出來那是放畫筆的盒子，將它拿了出來。

「住手！混蛋！」

這是一盒二十支成套的水彩畫筆，看上去有些年分了，筆桿的部分色漆已經剝落，筆毛處也開始微微泛黃。不過從其完整性，以及筆尖沒有什麼分岔雜亂的狀態來看，祝泉也算將這套畫筆保養得很好了。

但也僅此而已。

拍檔站在那些畫筆的中間，怒視著我，我盯著他看了良久，突然發覺他就像一個被刺激到自尊心的偏激青年。

「抱歉。」

「哼！」

「你已經很久沒有被使用過了吧？」聽到我的話，拍檔十分硬氣地轉過頭，看上去根本不屑理我，耳朵卻很喪氣地垂了下來。

看來除了這次破壞掉幻境的原因外，造成他虛弱及情緒不穩定的另一大因素，就是他開始懷疑自己了。
懷疑自己是否還有用。
這種懷疑，對物靈是致命的。
我要救他。我對自己這麼說。
「這與你無關，庸人！」他說這句話的時候顯得氣急敗壞。
「但你不該奪走他的畫技。」我試圖告訴他我到這裡來的目的，「我會和他談談，可是你要把他的畫技還給他。」
「哈？」拍檔冷笑了一聲，「你懂什麼？如果你只是想說這些，那就更沒什麼話可以說，你可以走了，或者你現在就可以告訴他，是我在給他找麻煩，然後毀了我……也許就能解決問題了。」
「毀了？也許？」我敏銳地抓住這些偏激而曖昧的關鍵詞，覺得有些頭疼。
「我又沒被破壞過，怎麼知道我被銷毀後，他會不會恢復正常？況且錯的可不是我！」拍檔冷冷地回答，接著有些高傲地扶了扶自己的帽子，看上去就像是死硬到底、追求真理的伽利略，「當然，你也可以更直接一些，自己動手。反正你們人類都是一夥的。」

「呃，放心，我至今還沒幹過這種事，以後也不會有，況且……」我擺擺手，示意自己沒有傷害他的打算，隨後指了指書書和依依，「你覺得，這樣算不算一夥的？」

「呃……」

他狐疑地瞅了瞅書書和依依，書書禮貌性地點點頭，而依依則是嘻嘻一笑，頓時讓他有點不好意思。

「就、就算討好我也是沒有用的哦！我我我我立場很……很堅定的！」他色厲內荏地虛張聲勢，甚至從身後變出一支和他身高差不多的畫筆，如長槍一般地胡亂揮舞了兩下，然後……

「哎呀！」

「你沒事吧？」書書有些擔心地問著那個被筆桿砸到腦袋的狐獴。

簡直蠢得不忍直視，我忍不住扶額。

不過，弱點是異性嗎？也對，有祝泉這個只知道畫畫和暗戀的沉悶男子當主人，缺少經驗交流下，對異性物靈沒有什麼抵抗力也是正常的。

唔，八戒那種除外。

「哼哼，只有這點程度怎麼可能讓我有事？」拍檔豎起一根手指朝我們搖了一搖，這個動作讓我明白他至少看過李小龍的電影，「不要太小看天才藝術家啊，你們這些庸人！」

「咿咿！」依依突然指著他叫了兩聲。

「她在說什麼？」拍檔一臉茫然，然後喜孜孜地問道：「是想說崇拜我嗎？嘿！其實我也沒……」

我乾咳一聲打斷了他，「我估計，她是讓你先把鼻血擦乾淨……」

「咿咿！」依依使勁地點頭。

「……嗚！」拍檔頓時尷尬地用爪子抹了幾下臉。

「好了，你應該明白我們沒惡意，可以談談了嗎？」我舉起雙手，再次表明自己的善意。很多物靈由於一直沒有直接接觸過可以交流的人，會對陌生人毫無戒備，或者對陌生人戒備到一種異常的程度。

所以無論需要多少次，我都會不停地重複這些方式，讓他們能夠放下戒心，這樣才有解決問題的可能性。

「如果你們想問我為什麼要奪取他的畫技，那你們就錯了，我沒有奪取——我只是拿回我自己的東西而已。」拍檔哼了一聲轉過身體，導致我只看得到他的背，無法觀察他臉上的表情，「他的畫技，是我培養的。」

我心中有了一絲不好的預感，隱隱感覺到這個問題在這個時代將會成為一個死結。

「祝泉他畫畫的天賦並不算好，當然也不算差，卻遠遠不到可以靠這個成為畫家，並且以此生活的地步……」拍檔側過臉看了我一眼，似乎以為我不信，又冷笑了一聲，「不信你問問他，六年前他考全國最好的美術學院，到底考過了沒有？他連一審都沒過！」

「可他應該很努力。」

「是的，他很努力，不努力我大概都無法存在，不過那又怎樣？藝術這玩意可不講公平的，有些東西就是天生的，說起來，那個……那個叫什麼愛因斯坦的傢伙不是說過嗎？天才是百分之一的靈感，加百分之九十九的汗水！」拍檔搖頭晃腦地點評著，大有當年曹操煮酒論英雄的氣勢，「說得太對了，沒有那百分之一的靈感，你就是把汗水流成太平洋也是庸人一個！」

這話竟然可以這麼理解……

「那個不是愛因斯坦說的，是愛迪生說的……」我忍不住擦了擦冷汗，「還有我覺得愛迪生先生應該也沒那麼偏激啦。」

「反正都姓愛，沒差啦……」拍檔固執地揮了揮手，轉過身有些神經質兼歇斯底里地對我吼道：「不懂就不要亂打岔！我可是天才藝術家！」

「呃，不好意思，你繼續。」在書書滿是笑意的目光下，我乾咳了一聲。

「然後，因為實在看不下去了，我就開始幫他，將我自己繪畫的能力一點點傳給了他，所以他從六年前開始，繪畫上的進步就很快。」說到這裡，拍檔頓了一頓，不屑地吹了吹額前垂下來的一根毛髮，「不然，你以為他最初那捉雞一樣的提筆姿勢能畫成什麼樣？自六年前開始，那些畫有哪一張是他靠自己畫出來的？

「還給自己取了一個名字叫七尾魚，很威風嗎？哦，好吧，他以為自己功成名就了！他以為這一切都是靠他努力得來的！好像沒我什麼事……但我他媽的要告訴他！他是個徹頭徹尾的庸人！沒我他將一事無成！」拍檔憤怒地揮舞著一對細小的手臂，彷彿一個瘋瘋癲癲的音樂指揮家。

他指了指周圍，又厭惡地看了一眼身邊的電腦，以及桌上的電繪筆和繪圖板，「一開始他只是偶爾用用這些東西，我忍了，但後來愈來愈誇張。結果現在，他根本不再使用我了，都是用這些硬邦邦還帶電流的討厭東西！一點藝術美感都沒有！」

「所以你就……」

「是的！可那又怎麼樣？」拍檔憤怒地向我揮著拳頭，「我培養了他的一切，結果他把我一腳踢開……嗯，過河拆橋！那句成語是這麼說的吧？這是人類的天性，都是庸人！我可是天才藝術家！絕不會忍受這種屈辱！」

我一下子不知道自己該怎麼處理這件事，這和我剛開始想的一切都不太一樣，我以為祝泉才是被奪取的一方，其實卻是相反的。

此刻，我再也沒有辦法向拍檔說出「把畫技還給祝泉」這句話了，因為這東西從一開始就不屬於祝泉。

慣性的思維讓我根本沒有心理準備想到這一點，究竟是從什麼時候開始的呢？以為自己是物品的製造者，或者是所有人都理所當然覺得一切的功勞是自己的。連我這個可以和物靈交流的人，都時不時會出現這種習慣，更別提那些不知道物靈存在的普通人了。

可我要告訴祝泉嗎？

嘿，老兄，其實你是個廢柴，你這麼多年的努力是靠一股你看不到的力量才成功的……

我這麼說一定會被他掐死吧？

如果告訴他，他是否會喪失信心徹底頹廢？他是否會憤怒地毀掉那套畫筆？

這不是不可能的事，也和良善與否沒有太大的關係，因為這否定了他整個人生的努力成果和方向。

很少碰見這麼棘手的委託……閔姿的人情果然不是這麼好欠的。

「我明白了，打擾了。」我向拍檔妥協了，我沒有辦法強迫他，正如我沒有辦法強迫自己。

但是，這不代表我就放棄了。

「祝泉，我們出去談談？」

祝泉又看了一眼在他眼中空無一物的電腦桌，才對我點頭說好。而我看到拍檔和祝泉瞬間的對視，拍檔眼中出現了希冀的目光，但也許是隨後發現祝泉的瞳孔中什麼也沒有，或者那雙瞳孔中映射了所有，卻唯獨沒有映射出他的身影——我很清晰地看到他的眼神……一下子黯淡了。

黯淡得再也不像個「天才藝術家」。

直到我和祝泉兩個人離開這裡，他再也沒有發出一點聲音，只是出神地看著電腦桌上的繪圖板和電繪筆。

而當祝泉關上門，擋住我視線的剎那，我卻微微鬆了一口氣。

就是這個。

就是因為有這個眼神，才會有解決問題的可能性。

我一邊走下樓梯，一邊思考著在這件事中我能發揮的作用，當我回過神來，已經在樓下的自行車邊了。貞德在一旁怯生生地等著，而祝泉則很不友好地望向我，「你就是讓我下來送你回家的？」

「抱歉，剛才恍神了。」我摸了摸腦袋。

「有辦法解決嗎？大師。」他挑了挑眉，雖然尊稱我為大師，但他看上去根本不尊敬「大師」！

「我不是大師……」

「都一樣。」他打斷我的話，然後看了看錶，「我時間不多，今天還要練習十張速寫，有什麼話快說。」

嗚……好強的氣場，為什麼無法反駁他。

「我有問題想問你。」說到這裡，我微微頓了一頓，小心注視著他臉上的表情，「你覺得，畫畫是件進步很快的事嗎？」

「啊？」他微微一愣，然後搖了搖頭，「這因人而異，也因時而異，每個人每個時間都有不一樣的成長狀態。不過最近突然畫不出來了，這很不正常。」

好吧，從這句話上來看，恐怕他感覺不到半點異常。

「那麼，自從畫畫沒有感覺以後，你應該有持續練習吧？」我問了剛才沒有問拍檔的話，試圖尋找不一樣的切入點，「有沒有什麼值得注意的地方？」

「值得注意？」

祝泉聽到這句話，眉頭皺了起來，低頭沉思了好一會，才緩緩開口，「我不確定，因為這只是一個很細微的感覺。」

「嗯？」

「我當然都在不停地練習，而且，或多或少，我感覺得到我當天的確有所進步，有把繪畫的感覺一點點找回來，但只是一點點而已，可是……」說到這裡，他費解地歪歪腦袋，煩躁地抓了一下頭髮，「只要我一睡完覺，那些感覺就沒了，有點像玩RPG遊戲時，明明存檔了，但第二次打開，人物等級依舊是零的感覺。」

這個情報如果是真的，那就有些讓人意外了。這代表拍檔奪取的恐怕不僅僅是給與祝泉的部分而已，拍檔他說謊了，或者說，他還隱瞞了一些事。

為什麼？

是為了讓我妥協嗎？

不，這個看起來沒有太大的意義，他甚至沒有生存下去的慾望，否則不會激我去銷毀他的本體，所以他應該只是單純地在發洩自己的情緒而已。

那麼，是情緒嗎？他隱藏了什麼情緒……

風吹過我的臉頰，在這個小巷子裡飄蕩。但我沒有在意，直到一陣風鈴聲隱隱在遠處響起時，我打了個寒顫——我明白了！

是嫉妒。

他在嫉妒電繪筆和繪圖板，僅僅是奪取賦予祝泉的繪畫能力，是不會讓祝泉放棄繪畫的。這一點他必然很清楚，祝泉依舊會再繪畫，即便畫得不夠好，但也依舊還是會畫下去——可是他依然不會拿起那套水彩筆。

他還是會使用電繪筆和繪圖板。

就像一些想法偏激的女性會思考如何讓丈夫在任何情況下都絕對不可能偷吃，而最終她們相信的解決辦法只有一個——閹了他。

當然，這代價也往往是讓夫妻關係就此終結。而對拍檔來說，主從關係必然是他最看重的一項，不過此刻這份主從關係已經漸漸消散，被科技所代替的悲哀，拍檔恐怕比任何人都清楚。

那麼，就毀了他吧，和自己一起。

這份陰暗的思緒，讓拍檔因為羞恥而難以開口。

「問完了？那你到底有沒有辦法？」祝泉有些不耐地打斷了我的思緒。

「抱歉，現在我還不能明確答覆你，我需要一些時間。」我彎腰打開了自行車的鎖，在貞德期待的目光下騎了上去，「有消息我會聯繫你，電話可以給我嗎？」

祝泉淡淡地從上衣口袋掏出一張名片遞給我，隨興點了點頭，便瀟灑地轉身上樓。

「走吧，肚子也餓了……」我也在自行車踏板上輕輕一踏，順著微風拂過，帶著黃昏時特有的微寒暖意，離開了這片住宅。

至於去哪？

有家店我一直很想再去一次，就去那裡好了。

「妳怎麼了？」我突然發現書書低著頭，有些悶悶不樂的樣子。

「對不起，阿樂，我今天都沒有發現他。看來在這件事上，我大概沒辦法幫你，他的探測範圍比我還要廣。」書書輕聲地說了這句話，我頓時明白她在糾結什麼。

「妳誤會了，他根本無法探測我們。」我笑了笑，轉過頭瞥了她一眼，「別在意，他根本什麼都不知道。」

「什麼意思？」

「他沒有問胖次的事、沒有往妳的口袋多看一眼，也沒有對依依產生正常的戒備，這是不合理的。」

是的，這種不合理的可能就是，他根本不知道幻境中發生了什麼，可能那個幻境只是相當於一個幻影放在那邊而已。

書書點點頭接受了這個理由，卻有些疑惑，「那他是怎麼辦到的？如果不是偵測，至少也該有媒介……」

「他是畫筆，我猜他大概有什麼作品在那裡附近，應該是壁畫，在路上我曾遇到過一整面牆的壁畫展覽，而他的作品想必是對有物靈的物體會有反應，類似獵人的捕獸夾。」

書書嗯了一聲，似乎已經接受我的解釋。我們在沉默中前進了好一會，她才又開口：「阿樂，你要去哪裡？」

「有一碗我一直很想吃的鴨肉飯，再加荷包蛋。」我舔了舔嘴脣，在前方的十字路口左轉時，依依興奮地叫了幾聲——她好像很喜歡轉彎時自行車傾斜的角度。

「而且有件事我有些在意，想去看一看呢……」

✤ ✤ ✤

半個小時後，我來到青山中學，這是小胖子李霍端念的學校，附近有一家很親民的蕎麥麵店，還有一位讓我很欣賞的老人。

老人姓張，有一雙據說是祖傳的順風耳，去年進了醫院，上了手術臺。

我希望他能活著。

但我一直沒有去見他，因為我怕他如果活著，會問我另一個老人是否依然健在。

我不知道該怎麼答，但我現在決定了——我會欺騙他，告訴他還有一個老人和他一樣活在這片天空下。

誠實是一種美德，可如果美德成為幸福的阻礙，我願意道德淪喪。

我將自行車停在店門不遠處，並將其鎖上，讓貞德在門口等我一下。她紅著臉，笑著點點頭。

隨即我走進蕎麥麵店，可能是因為已經到了放學時間，店裡的客人並不多，當我走進去的時候，最後一個客人剛剛走出來。我看到了一個原本該在廚房忙碌的壯碩男子，此刻正一臉痛苦地看著帳本發愁。

他叫張賢，是張老先生的兒子，也是小胖子暗戀的「倩倩」的父親。

店裡的變化並不大，還是給人一種乾淨並且親民的感覺。

「喔喔！你是那個……」他先是驚訝地看著我，然後尷尬地停下了嘴。

我呵呵一笑，「阿樂。好久不見，張先生。」

「喔，對對對，阿樂。」他不好意思地拍拍額頭，歉意地朝我笑了一笑，「想吃什麼？」

「鴨肉飯，加蛋。」我用手比劃了一下李霍端的體型，「小胖子的那種就好，他好像經常點這個。」

張賢訝然地打量了我幾下，「喔，你居然還認識霍端哦……」

「有各種原因啦，所以有了些交集。」我並不打算說太多，而張賢也識趣地沒有多問。

「鴨肉飯，還有荷包蛋，你等等哦……」他笑著走進廚房，同時揮了揮手，「麥茶自己倒，你知道在哪吧？」

「我已經在倒了。」

一道深棕色的茶水從壺裡倒進了杯子，杯緣的冰鎮觸感讓我原先的一身燥熱冷了下來。在他走入廚房的剎那，我便放鬆了臉上的笑容——張老先生不在。

他去世了嗎？還是在住院？或者只是在家休養？

我明明已經做好了欺騙他的準備，他卻沒有出現在我面前。

過了一會兒，一碗熱騰騰的鴨肉飯放在我的面前，照燒醬汁混合奶油的香味顯得格外迷人，我看到鴨肉和飯粒上閃爍的反光，然後……抬起頭看向張賢。

他呵呵一笑：「荷包蛋在裡面，驚喜不能放在開頭嘛……」

原來如此，我恍然大悟。

「阿樂，你真是不肯吃虧……」書書在旁邊嘆息，似乎覺得我的行為有點丟臉。

「我可是要付錢的……」我悄悄地嘟囔了一句。

「哈？」張賢茫然地看著我，「你說什麼？」

「哦，我說看起來很好吃的樣子。」我連忙乾笑著圓場，然後用湯匙挖了一勺泛著奶油香的飯，滿滿地送進嘴裡。

遠不像看上去的那麼清淡，一股濃郁的香甜包裹著每一粒白米在味蕾中爆開，鴨肉微微的粗糙感反而襯托出米粒的光潔，順著那股微甜讓我的食欲大振——我鼓著腮幫向張賢豎起了大拇指。

他得意地笑了笑，「這鴨肉飯是和我女兒學的，我做得不比她差，每個客人都這麼說——唯獨霍端……嘿！」

我看到他不屑地撇了撇嘴，顯然不滿小胖子為了泡妞降低他廚藝水準方面的評價。

於是我深有同感地點點頭，那小胖子的確不夠厚道。隨後，我用筷子扒出了夾在飯中間的荷包蛋，薄薄的蛋皮被筷子夾破，半凝結的蛋黃流了出來，使周圍的飯粒染上一層誘人的金黃。

一勺將其盛起，我剛要塞進嘴裡，張賢卻突然說了一句話——

「我爸……他上個月辦的葬禮。」

我很可笑地拿著湯匙愣了半晌，張著嘴，卻傻傻地怎麼也餵不進去。

他終究還是沒能撐過去。

「他沒能從手術臺上下來，他年紀……」張賢說到這裡微微頓了頓。我沒有轉過頭看他的表情，但這肯定不是一句能讓他笑著說出來的臺詞，「還是大了些。」

我一下子不知道該怎麼回應，猶豫了半晌，還是將那勺飯塞進嘴裡，咀嚼著一下子不知道該怎麼分辨的味道，含糊不清地說著：「唔……好吃，完全停不下來……唔……怎麼做的……唔……」

「在我這裡幹三個月，我就教你。」他用一種顫抖的笑意，將這句話說了出來，「時薪可以商量。」

我沒回頭果然是對的。

「免了，否則我的茶飯屋就真的變餐廳了。」我嚥下了嘴裡的飯粒，然後用旁邊的麥茶清了下嘴裡微膩的感覺，餘味在嘴裡迴盪成極為複雜的滋味。

張賢笑了笑，顯然他也沒當真，「李叔怎麼樣了？」

「去世了，我來你們這裡的當天走的。」我轉頭看了下周圍，感覺這家店似乎還留著某個老人的痕跡，「本來這次還想來對張老先生撒個謊的，現在看來……倒是不必了。」

「你常說謊？」

「偶爾啦……」

「你這句聽起來就像假的。」

「哈哈……」

那個老人的逝去，也像假的一樣呢。

第六章 無心的童言，醒悟

我夢見自己被一通電話吵醒……唔，不對，是真的有電話來了的樣子。

「Oh Take a look in the mirror you look so sad……」

熟悉的音樂輕柔地響起，促使我迷迷糊糊地將手伸向一旁的手機，也沒有看手機顯示，只是本能地按掉了電話——我睡覺不要吵我！被吵醒的我很凶的！

通話被我掛斷不到五秒……

「Oh Take a look in the mirror you look so sad…… It's so cold like that winter market we used to go……」

怎麼讓自己對一首原本非常喜歡的樂曲產生厭惡感？早上的鬧鐘設定和來電鈴聲將是最好的選擇。

因為我已經開始討厭這首《Release My Soul》了。

啊……真煩哎！

我皺著眉頭，接通了電話，用略帶不耐的語氣道：「到底是誰啊……」

「Ho～現在竟敢掛我電話，分手後你膽子大了不少嘛……阿——樂！」

嘶嘶嘶——要死了要死了要死了！

彷彿一盆來自南極的冰水將我從頭澆到尾，一股寒意自尾椎骨直衝後腦，忍不住全身抖了一下的同時，猛地從床上坐了起來，乾笑：「啊哈……早……早啊，閔姿。」

「嗯，阿樂你真有膽哦，很有男子氣概，我喜歡～」閔姿用一種極溫柔的語氣輕輕說著，頓時讓我忍不住頭皮發麻。

「我錯了，姊姊妳放過我行嗎……」

閔姿哼哼了兩聲，話音一轉，算是揭過不提，「我表弟的事怎麼樣了，搞得定嗎？」

嘖，大清早的就問這事嗎？我的睡眠權利真的沒有被她放在眼裡的樣子。

「是我的業務範圍，但有點麻煩。」我搔了搔有點發癢的頭皮，一瞥手機螢幕，上午六點十五分——這個女人精力還真是旺盛。

「我需要和妳談談，這件事，有點難做主。」我對手機說。我不知道閔姿得知真相後，會是什麼反應。但不管怎麼樣，無論做出什麼行動，我都需要得到她的同意，「有沒有時間？」

「我下午三點到你店裡，我要喝咖啡。」

嘟——嘟——

她就這樣掛斷了……我還沒來得及整理好思緒啊。

「哦呵呵呵呵呵～～主人早喲，哦呵呵～」一陣極其猥瑣的笑聲傳來，一隻粉紅色的小豬正趴在電腦上對我露出曖昧的笑容，「被以前的床伴叫醒的感覺，有沒有特別興奮呀～～」

這隻沒有下限的小豬叫八戒，是一隻喜歡逛成人網站、並永不中電腦病毒的電腦物靈色胚豬。

「把你的口水擦乾淨。」我一臉嫌棄地看著他，「我和她沒關係……還有，少看點片子，總感覺你越看越胖了。」

「是嗎？哦呵呵～哦呵呵～真不好意思……」八戒無恥地做著臉紅狀。

「我沒在誇你！」我咬牙切齒地從床上下來。

「主人你別害羞嘛～哦呵呵……」

「害羞你個大頭鬼！想被拔電源是不是？」

「主人我錯了……哦呵呵～」

這認錯結尾的笑聲是什麼意思，我總覺得被他瞧不起了……

因為沒了睡意，我走進浴室開始準備洗漱，拿起牙刷擠上牙膏，直接就放進嘴裡刷了起來，同時打開水龍頭，往杯子裡蓄水——等等。

為什麼水龍頭裡不出水!?

我傻傻地愣了半晌，然後頭疼地發現，嘴裡已經是滿嘴刷出泡泡的牙膏，而水龍頭竟然沒有水。

更糟糕的是，昨天因為和張賢聊到很晚，回到家我根本沒有準備第二天的飲用水……

完了。

我看著鏡子裡頭髮亂糟糟、嘴裡傻乎乎地插了一根牙刷、並且吐著白泡泡的蠢貨，不禁開始發愁。

哪裡有水？難道要出去跟別人借嗎？雖然我不是那種自戀、注重個人形象到病態的青年，可你讓我這麼出去，我實在沒那個勇氣。

「你是誰啊？啊？急著要水……哈哈，你插著牙刷的樣子好好笑哦！」

我絕對不要聽到這種話！我要在這裡待到老死！絕對不能這麼年輕就形象全毀！

怎麼辦？哪裡還有水？店裡還有誰可以幫我？對了……昨天祝泉丟給我一瓶可樂，我還沒喝完！

我把它放在貞德自行車前面的籃子裡，忘記拿出來了……昨天還在懊惱忘記拿進來導致不能睡前喝。

在這一刻必須表揚一下我那差勁的記性。

想到就做，我立刻衝出臥室，並以最快速度打開店門。當我看到店門口那輛自行車時，還來不及向貞德道聲早安，心中就已經樂開了花——嘿嘿，果然在車籃裡！

我迫不及待地拿起瓶子，仰頭將可樂灌進嘴裡。嗯，還有汽，感覺略可惜，不過沒辦法——

我仰頭漱了一下口，感覺牙齒上牙膏都混進了可樂裡，奇怪的味道開始在嘴裡蔓延，我皺著眉就要往回走，吐在洗臉槽裡……

「啪！」我感覺到一隻厚厚的手掌拍到我的背上，同時被突然出現的聲音嚇得嘴裡「咕咚」一聲……

我竟然嚥下去了啊啊啊啊啊啊!!

「早喲！阿樂！我又到你這裡吃飯啦！」

……牙膏……混著可樂……進了肚子。我之前堅持那麼久究竟是為了什麼……

我面無表情地轉過身，看向害我嚇了一跳的混蛋——果然是那個小胖子李霍端。

他無愧「禍端」之名。

「你這一臉夜店外被撿屍婦女的表情是怎麼回事？」李霍端愕然地問我。

「……」我覺得我應該找一把刀。

「你幹麼？」李霍端退後了一步，狐疑地望著我，「到底怎麼了？」

我完全可以料到如果我把自己將牙膏混著可樂喝下去的事告訴他，他會以一種怎樣誇張且可惡的瘋笑來回應我。

別懷疑，這五行缺德的小胖子絕對做得出來。

所以我幽幽地盯了他好久，才勉強擠出一個笑容：「沒事……」

「你笑得好像哭哦……」小胖子口無遮攔的說話方式，又毫不留情地捅了我一刀──我內傷了。

嗝！

因為喝了可樂讓我打了個嗝──哦，這牙膏味的可樂氣泡感幾乎要讓我真哭出來了。

「我這裡停水，沒辦法做東西給你吃。」我嘆了口氣，只好自認倒楣。

李霍端似乎早就知道，一臉你騙不過我的表情，搖了搖手指：「停水一會就解除啦。」

「你怎麼知道？」

「你店門口旁邊牆壁上的通知有寫啊……」李霍端一臉無辜地看著我，「還有五分鐘而已……不對，時間好像已經到了，應該有水了。」

我的心……在滴血。

當我把小胖子帶進店裡，讓他隨便找個地方坐一下，並警告他不要亂碰東西後，我迅速地回到浴室，打開水龍頭。在水管傳來幾聲異響之後，水果然順暢地流了出來……就如我心中的眼淚一樣。

以最短的時間洗漱打理完畢，我才走進店裡，沒好氣地問道：「你今天怎麼不上學？」

「今天放假啊！」李霍端一臉「你這都不知道，沒救了」的表情。

「那你到我這裡來幹麼？」

「我昨天剪了隔壁阿麗的辮子，還騙她說這是最近流行的新髮型，跟她要了二十塊當報酬買了零食吃；她今天如果反應過來，一定會去告狀的。」李霍端打了個寒顫，似乎對未來充滿了擔憂，「我爸在家，這種時候讓我在家裡等死嗎？」

這小胖子真該被人道毀滅……我真的好想替天行道。

「你老做這種最後會被別人知道的惡作劇……到底有沒有動腦子？」我一臉鄙視地看著他，「你腦袋沒壞吧。」

「切……你懂什麼？」

小胖子李霍端一臉不屑地瞥了我一眼，「惡作劇嘛，就是要讓別人知道才有意思，否則就只是陰沉的小屁孩而已！一點都不開心！能有我那麼陽光開朗嗎？」

唔，好像有點道理，我竟無言以對。

看到我似乎有點認可的樣子，李霍端頓時興奮起來，手舞足蹈地揮舞著，似乎企圖將我拉入惡作劇聯盟，「而且我告訴你啊，這種事情其實很有成就感的！考個滿分這種事根本不能比！」

「某種方面來說……你還真是個惡作劇的天才呢。」我的臉部微微抽搐，勉強扯出一個笑容給對方。

「那當然，所以天才更需要矚目～」他得意地一昂頭，「惡作劇不留名，要不就是蠢貨，要不就是陰沉鬼，可比不上本天才的品味！」

呵……是啊，天才更需要……嗯？

我突然意識到了一個可能，也許昨天見到的拍檔，所嫉妒的不僅是電繪筆和繪圖板而已，還有祝泉！

因為天才渴望被矚目。

他曾經十分不屑地說祝泉取了一個叫做七尾魚的筆名，看上去並不在意，可問題是——世人只知七尾魚。

沒人知道他這套默默無聞的畫筆存在。

寂寞的藝術家。

這恐怕也是他奪取祝泉畫技的一大理由。

想到這裡，我詫異地看了一眼那個正在自鳴得意的小胖子，還真沒想到，某些事還是這個小胖子看得透徹。

嗯，有功則賞，我絕對不會吝嗇的，就衝著小胖子這一點，一會為他做蛋炒飯時多放一勺鹽……

想到這裡，我就走進廚房，拿出昨天放在冰箱裡的冷飯和雞蛋，扯掉了保鮮膜……

「哎……又吃這個……你能不能換點別的，你開茶飯屋的耶……」

「茶飯屋不是餐廳！」我咬牙切齒地回答，同時敲碎了蛋殼。哼，那一勺鹽還是別加了。

我心中暗自這麼決定，就沒有再理會小胖子不知廉恥的抱怨。

最後，我把蛋炒飯分成了兩份，一份我的，一份他的，看在他比我胖的分上，我給了他大的那份。

「連火腿都不放。」

當我把蛋炒飯放到小胖子面前，他伸手接過，端詳了許久，不滿地嘟囔一聲。

「吃你的。」我沒好氣地說了一句，就扒起飯來。

「但還是很好吃。」

「……」

「……」

「你今天吃錯藥了？」我放下飯碗，轉頭看向今天這個有點不正常的小胖子。

他沒有像往常那樣很有食欲地大口嚼著飯，反倒很斯文地一口一口往嘴裡送飯吃。

我不是一個犯賤的人，但我還是覺得那個沒有口德的小胖子比較順眼一些。

「沒有，只是最近常來你這裡吃飯而已。」

怪我囉？

「你說，是不是胖子就一定不受歡迎啊……」小胖子愁眉苦臉，無意識地用筷子戳著碗裡的飯，「難道一定要減肥？」

「被甩啦？」我瞥了一眼小胖子，輕輕搖了搖頭，「我就說你沒戲唱的。」

「沒有啦！只是吵架了而已。」小胖子轉過頭瞪了我一眼，「還有，一般來講，正常人面對這種情況，都是出言安慰的吧！」

「一般來講也沒你這樣整天來當鋪吃飯的吧？你蹭飯的次數比付錢的次數還要多三倍哎……」我毫不客氣地對整天來這裡吃飯、還時不時賴帳的無良食客行為，表示強烈的鄙夷。

「我把這裡當餐廳！」

「……能不能別這麼理直氣壯地說這種話，別看我這樣，其實我自尊心很強的。」

「那我下次調整語氣。」

這個回答好像還是不大對，不過看在小胖子今天心情低落的分上，我決定還是放他一馬。

「喂，幹麼不說說你的戀愛史？」小胖子用手肘頂了頂我的肋部，「給點借鑒啊！」

「他的戀愛史完全就是血淚史啊！」也許是休息夠了，胖次從一旁的筆筒裡爬了出來，儘管一副有氣無力的樣子，卻還是不肯放過每一個可以嘲諷我的機會，「來，阿樂，把你的經歷告訴他，一定可以治癒他的……畢竟有人比他還要慘。」

我沒好氣地翻了個白眼，「閉嘴，胖次。」

「叫我……」胖次吃力地翻了一下肥碩的身軀，依舊在氣哼哼地堅持著，「哈姆太郎。」

「又是那隻倉鼠？」李霍端眨了眨眼睛，看著胖次站立的地方良久，便嘆了一聲，「為什麼我就看不到呢？」

不得不說，這是我看他唯一順眼的地方，他是除了王程外，第一個沒有絲毫懷疑就相信物靈存在的人。

不過，今天這小胖子，還真的很頹廢——我突然後悔少放了那一勺鹽。

「這個世界上，有些事做不到很正常，但有些事……」我拍了拍他的肩膀，肉還是這麼多，我幾乎感覺不到肩骨的存在，「只有你能做到。」

「只有我？你指什麼。」李霍端茫然地看向我。

我手指弓起，狠狠在他的腦門上彈了一下，「至少不是追女生吧？」

「你怎麼知道!?」

「因為你正處於一個男性最愚蠢的年紀……不想吃，我就把碗收了。」我站起來，將手伸過去，卻發現他死死抱住碗，憤憤地看著我：「這麼小氣，我看出來了，女生這方面，你也一定是個Loser！」

嘖！這一刀他捅得好準，都見血了。

不過看他的表情，至少不是那麼消沉了。既然達到目的，我也不在意這一刀了，反正被捅得多了，也不知道疼。

於是我笑了笑，「所以這和胖瘦無關，小子。」

「……也對，看到你我就有信心了。」小胖子對我豎起大拇指，嘿嘿一笑：「謝謝你哦！」

啊，不行，我快忍不住想扁他了。

「咕咕！主人早上好！現在幾點了，咕咕？」

布穀看來也已經醒過來，正十分優雅地整理著自己沒有一絲皺褶的西裝，最後用翅膀自戀地提了一下自己的單片眼鏡，「哦，時間的魅力讓我甦醒了。」

我從口袋裡掏出手機，看了一眼，「七點二十，差不多可以把其他人叫起來了哦，布穀。」

「又是你說的那個鐘？」小胖子一臉羨慕，口氣中帶著一股可以讓人捏鼻子的酸意，「為什麼這種能力在你身上？」

「No problem！咕咕！」布穀高傲地挺起胸膛，清了清嗓子，然後……

「我是一隻貓頭鷹呀，咿呀咿呀喲～咕咕！我是一隻貓頭鷹呀，咿呀咿呀喲～咕咕！」

「閉嘴！布穀！」

「哦！討厭～我才剛夢到自己長鼻子了！」

「別唱了！」

「誰快來銷毀他！或者……銷毀我。」

「到底是哪個混蛋教他唱歌的？給我出來！我保證不打死你！」

……

聽到店裡的聲音嘈雜起來後，我滿意地點點頭。嗯，效果不錯。當我正滿意自己再次成功調整店鋪內作息時間的時候，我聽到門口的風鈴響起——有人進來了。

「歡迎光……」忽然，我感覺到臉上的笑容僵住了，「那個……妳不是說下午三點才來嗎？」

「當然是我在騙你，小傻瓜。」

來人正是那個讓我頭疼得想要上吊的閔姿，她今天穿了一身緊身皮衣，將身體勾勒出優美的曲線——可惜我沒心情欣賞，反而有些心驚肉跳。

因為通常她穿這種打扮，暴力指數會提升到一個可怕的程度。

她看了一眼一旁被自己氣場震住的小胖子，隨後滿臉失望地嘆了口氣，「我以為這裡會有女生呢……阿樂，你還是這麼沒用。」

「呵呵，沒用的阿樂。」
「主人你是不是該有點羞恥感，咕咕！」
「別氣餒，你可以告訴別人，廢物也有自己的活法啊！」
「主人，要不要我幫你幹掉她！」
「別添亂，我們這種忠實的道具，只要做到給主人收屍就可以了。」
「拜託，妳別在這群混蛋面前說這些。」我忍不住無力地捂住臉……
閔姿踩著高跟鞋發出尖銳的踢踏聲，坐到店鋪的椅子上，強大的氣勢讓剛才一直不敢說話的小胖子連忙把屁股往旁邊挪遠了些。閔姿朝我揚了揚眉毛，「你說的這些傢伙，我都看不到，下次你要提前說……」
可妳根本沒給我這個機會吧？
「我的咖啡呢。」閔姿看到桌子上沒有自己想要的東西，抬起頭問：「我不是說要咖啡了嗎？」
「可是妳沒說會這麼早來。」我對她攤了攤手，「所以咖啡還沒準備好。」
「那就開始準備吧，我就喜歡看你手忙腳亂的樣子。」閔姿笑咪咪地左右打量這家當鋪，「可愛極了。」

她的惡趣味看來這輩子都改不了了，但更可悲的是，我估計這輩子我也躲不了了。

我嘆了口氣，從廚房角落拿出咖啡和沖泡用具，「妳今天這麼早來，就只是為了妳表弟的事？」

「我——要——咖——啡。」

嘖，不喝咖啡就不談正事嗎？她看來把我這裡當咖啡館了……話說回來，到底有多少人真心把我這裡當作當鋪？

別想了，越想越傷心，我真是個失敗的當鋪老闆。

開水煮好後，我將磨好的咖啡粉倒入咖啡壺的濾網上，然後用熱水一點點地沖泡進去。咖啡的香味……立刻瀰漫開來。

「是誰……在敲打我窗……」

音樂響起的剎那，我就知道是閔姿隨手開了我店裡的音響。配著這股濃郁的咖啡香，我這家店，真的越來越不像當鋪了。

「布穀！這他媽的才是音樂！」

「就是！聽到沒有！」

「哎，我被治癒了……」

對此，我聽到布穀高傲地哼了一聲，「你們懂什麼，聽這種落後的歌曲……我唱的可是與時俱進的說唱饒舌歌，無知的傢伙們！你們只能欣賞那種老掉牙的音樂嗎？」

「見鬼！他說他唱的是饒舌！」

「這算哪門子饒舌……」

「周杰倫在哭泣。」

「周杰倫是誰？」

「好像比店長要帥一點，別的我就不知道了。」

「哦。」

我都聽到了，混蛋們……別亂說話！至少……至少我的眼睛要比他大一點！

當咖啡分別倒入杯中後，我在自己的咖啡杯裡加了一點牛奶，而在閔姿的那杯裡加了兩塊糖，隨後拿著杯墊，將杯子托到她面前，「喏。」

她小心翼翼地捧了過去，輕輕地吹了兩下，便迫不及待地去抿上一口，但很快就和小貓一樣可愛地吐了吐舌頭。

沒錯，她怕燙，她是貓舌。

我忍不住一笑，然後被她輕輕瞪了一眼。

「我表弟是怎麼回事，盡量簡潔明瞭地告訴我。」閔姿捧著咖啡杯，優雅地靠在椅背上，透著咖啡冒上來的熱氣，瞇起了眼睛。

而一直失去存在感的小胖子這時終於舉起手，他舔了舔嘴脣，嘿嘿一笑：「我也想喝咖啡……」

「小孩子不許喝咖啡。」我和閔姿同時說道，然後相視愣了一下。

「咦！你們兩個有一腿……哎呀！」口無遮攔的小胖子，腦袋上挨了閔姿一下。

而我默默地抿著咖啡想：謝天謝地，我早想這麼幹了。

第七章 祝泉的動搖，決裂

「說完了？」

當我將前因後果說給閔姿聽之後，她飲下最後一點咖啡，用舌頭輕舔嘴唇的周圍，「就這些？」

「就這些。」

「你是想說，你是怕我表弟受不了自己的能力是假的，會做出什麼衝動、喪失理智的事，所以沒把真相告訴他，也沒把那套畫筆處理掉？」閔姿將咖啡杯放到桌上，擺了擺手拒絕我為她續杯的動作。

「嗯，所以我覺得我需要先和妳談談。」我用手很抽象地比劃了一下我現在尷尬的狀態，「否則萬一有什麼意外，我沒法交代。」

「唔，阿樂，你還是那麼溫柔呢，溫柔得……」閔姿笑吟吟地說著，然後驀然皺起眉頭，「讓人討厭。」

「啊？」

「拜託，他已經是成年人了，不是未成年需要保護的小屁孩。」閔姿拉開領口，露出雪白的肌膚。她似乎因為不悅而感到有些熱，「如果他真的不適合走這條路，藉此機會絕了他的希望不是正好？越早做出決定，就越能幫到他不是嗎？」

我聽到閔姿的話，心中頓時也有些不舒服，「我只是擔心他受不了，他是妳的表弟，做出這個決定必須要得到妳的同意。」

「少來，我從一開始就把這件事委託給你了，你忘了？」閔姿站了起來，身軀前傾，越過了整張桌子，頭伸了過來，在離我很近的地方停下。我看著她的瞳孔，她也看著我的，我見到了她眼中的失望，但我不知道她在我眼中見到什麼。

「你只是不願意做出決定的人是自己而已，你明明知道我會怎麼決定的。」

我啞口無言，閔姿說對了。

「阿樂，我再對你說一遍，在你不做出選擇的時候，就已經選擇了一條最遜的道路。」閔姿雙手突然抓住我的肩膀，雙眼緊緊地盯著我，那黑色瞳孔中的真摯刺疼了我的眼球，「你難道想要你這輩子一直這樣？」

「拜託！妳是我媽嗎？」

我有些惱怒地掙開她抓住我肩膀的雙手，心中卻有一股說不出的心虛，讓我不由得避開她的目光，「我知道了，我會解決的。」

閔姿見狀，退後了兩步，她和我都沒有說話，店鋪裡的氣氛一下子顯得很壓抑，而那些物靈也在此刻很識趣地沒有發出任何聲響，只有小胖子還在一點點喝著牛奶發出聲音。

我們沉默良久，才聽到閔姿輕輕地說了句：「抱歉。」

「我去洗杯子。」我站起身來，拿起桌上的咖啡杯，走到廚房裡的水槽前洗了起來。我洗得很用力，因為我在發洩，但到底是在發洩什麼，我並不知道。

憤怒？

羞愧？

呵呵，無所謂了。

驀然，我聽到了風鈴聲，在微微一愣之後，我連忙走出廚房，卻發現店門剛剛被關上——閔姿走了。

我突然有些後悔。

「欺負女孩子的都不是男人。」

角落裡的李霍端，突然莫名其妙地說了一句。

我卻連氣都氣不起來，只是轉頭看了他一眼，攤了攤手，「我不想。」

「我知道。」李霍端點點頭，然後「切」了一聲，滿臉鄙夷地看著我，「但你還是不像男人。」

我無言以對。

李霍端從座位上站起來，接著走過來將杯子遞給我，胖臉上毫不掩飾他的不滿。他盯著我很認真地又說了句：「不像男人，難怪追不到女生。」

說完，他就和閔姿一樣，打開店門，走了出去。

最後，就只剩我一個人。

店裡什麼聲音都沒有，只剩下我的呼吸聲，我傻傻地站在原地，卻不知道該做什麼。

「阿樂……」

「我知道我不對，做事吧。」我聽到書書的聲音後，便搖搖頭，將店裡收拾了一下，「今天還是讓胖次休息一下，就不帶他了。」

隨後，我用手機發了個簡訊給祝泉，問他今天是否方便，以及在我去了之後是否有出現變化。結果發過去沒過兩秒就看到了回覆，上面只寫了兩個字加一個標點符號——「可，無」。

他連句號都懶得多給一個……

嗯，看來一切正常。

隨後我推開店門，拍了拍自行車，「貞德，這次又要麻煩妳了。」

一陣悅耳的車鈴響起，做為對我的回應，我不禁發出一聲輕笑。

✤ ✤ ✤

來到祝泉家，當祝泉開門時，我發現他穿著一身睡衣，披頭散髮，並且正在刷牙。而他看了我一眼，眉毛微微一挑，從嘴裡抽出牙刷，捲著舌頭、口齒不清地問我：「怎麼了？」

「啊？」我茫然地看著他。

隨後他擺了擺手，示意我進來。我換好拖鞋，走了進去，而他自己則已經來到浴室做最後洗漱。

我環顧四周，拍檔沒有現身，不知道是在休息，還是有什麼別的想法。

我看到一疊堆在地上的畫稿，還有一張仍在畫架上面，上面都是鉛筆速寫。即便是外行如我也看得出來，他畫得不錯。

他真的有在進步——但只到昨天為止。

他一邊擦著臉，一邊走了出來，「看你一臉沉重，是因為我嗎？」

說完這句，他也不等我反應，從畫架上拿起鉛筆，隨手在上面畫了起來，但僅僅畫了一筆，他就停下了，皺眉看著白紙上的那一筆，嘖了一聲。

「不是因為你，我自己的問題。」我知道他發現自己昨天的努力又白費了，所以搖了搖頭讓他放心。

話說回來，真看不出這個淡漠的傢伙挺會察言觀色的。

「是不是都沒關係，就算你幫不了我……」他放下筆，扯下畫架上的那幅畫，將其揉捏成一團，隨手丟到地上。然後重新拿出一張紙，又從口袋拿出一條橡皮筋，俐落地將頭髮向後一紮，深吸一口氣，「我也打算這樣畫一輩子。」

整個動作和話語一氣呵成，我不知道他是第幾次面對這種情況，又是第幾次告訴自己和他人，他絕不放棄。

我只看到這個男人的側臉，不禁有些懷疑——他真的不是畫家的料嗎？他真的沒有天賦嗎？或者說……他真的不是天才嗎？

我覺得，只有天才才能經受每天的打擊，從事這一件看似沒有任何回報的事。這是一種超越理智的偏執。

「蠢貨！庸人！」

我突然聽到一聲咒罵，轉頭看去，發現那隻狐獴不知何時出現在電腦桌，對著祝泉張牙舞爪。

對拍檔存在完全不知情的祝泉無動於衷，只是在紙張上不斷重複地畫各種線條，全部都是平行線，豎著的線條、橫著的線條、斜著的線條，一層層疊了上去，直到中心交匯處，開始漸漸反光並且發亮，他才停了下來。接著他又重新換上一張紙，繼續之前的畫線條行為。

他並沒有畫什麼，看起來只是單純地在練一個手感，一個極為基礎、畫線條的感覺。

在我眼中，不論祝泉畫得有多麼拙劣不堪，但就憑此刻的景象便足以令人震撼，讓我不禁覺得，眼前祝泉彷彿入魔一般畫畫的樣子，才是最美的畫卷。

好一會，他停了下來。

「什麼事，說吧。」

他似乎靠著畫畫，讓自己調整好了心態，來迎接他隱隱感到害怕的答案。

面對這樣的覺悟，我除了誠實以待，就沒有別的尊敬方式了。所以我將所有的一切、猜測，全部告訴了他。

說話時，拍檔本來還在歇斯底里地跳腳，但當我說出他在嫉妒電繪筆、繪圖板、甚至祝泉自身的推測時，他彷彿突然啞了。

他沉默地坐在一邊，不再做任何爭辯。

而從頭到尾，祝泉都靜靜地聽著，直到我說完，他才從懷裡掏出一根菸，將其點上，並沒有抽，只是豎著和上香一樣，放到一旁的畫架上，沉默地注視著那點紅光，以及菸灰漸漸在菸頭上累積。

我很討厭菸味，但這次例外。

隔了很久，因為畫架傾斜的角度，導致菸灰落到了地上，祝泉才緩緩開口，面無表情地問我：「所以，你的意思是，我一直以來的成就都是假的？」

「我不是這個意……」

「沒有區別。」他冷冷地打斷了我的話，他抬起頭看著我，我才發現他的眼白有點充血，臉色卻異樣的蒼白，嘴唇緊緊地抿成一條倔強的橫線。

「如果你說的是真的，那麼現在這個在你面前的廢物才是我真正的樣子。很好，我完全理解了。」

「你不信？」

「我很想不信。」他說到這裡，頓了一頓，隨後露出苦澀的笑容，「但除了這個，怎麼解釋我的經歷？」

看著祝泉臉上隱隱帶著的絕望，我第一次希望別人以為我是一個騙子——閔姿是對的，我害怕由於我做的決定導致他的變化，我害怕自己成為他人絕望的主要因素。

沒有做出選擇，只是單純的懦弱而已，所以我把決定的權利交給了閔姿，告訴她我是一個徹頭徹尾的逃兵。

「那你想怎麼做？」良久，我將自己私人的混亂情緒拋到一邊，「和他商量把畫技還給你？還是從今以後放棄畫畫這件事？」

聽到我這句話，祝泉的神情驀然一變，看向我的眼神充滿了憤怒、仇恨、悲傷和絕望。我甚至懷疑他在下一秒就會撲過來，掐住我的脖子。

但他最終沒有，而是很突兀地站了起來，快步走到電腦桌邊，將拍檔的本體——那套畫筆拿了出來。我剛想勸阻，卻因為看到拍檔的眼神，不由得停下。

他很固執地昂著頭，死死盯著自己的主人；而祝泉也神情不定地看著畫筆。從某種意義上來說，這恐怕是他們第一次有意識的眼神交會——可惜不怎麼美好。

拍檔一定想知道，他到底會不會被毀掉。

他想知道，面前的主人，會不會因為夢想的破滅，而親手毀掉他。

這個答案，在拍檔眼中甚至大過了他本身存在的價值。被銷毀沒什麼可怕的，可怕的是到死也不知道這個答案到底是什麼。

對於祝泉來說，他有兩個選擇。

放下自己身為畫家的尊嚴，乞求拍檔的原諒，重新拿回「七尾魚」的畫技，用一個無法欺騙自己的謊言，欺騙自己，以及欺騙世人。

但顯然，祝泉的性格從一開始就沒有往這個選項上多看一眼。

那麼剩下的選擇就只有……讓世上再無「七尾魚」。

可若世上再無七尾魚，拍檔還有存在的必要嗎？

「物盡其用」不只是個詞語，更是物靈的立身之道，從拍檔將祝泉打回凡人的那一刻起，拍檔便已有了覺悟。

對於主人的脾性，恐怕再無他人能比得過拍檔自己了解——此為取死之道。

他一定很清楚，這是拿命去問的答案！

所以當我從拍檔的眼神裡意識到這個問題的時候，我強行壓下自己要阻止祝泉的衝動，我能做的就是讓自己在旁邊見證這個由哈姆雷特所提出的經典疑問——

生存，還是毀滅。

我聽到祝泉的呼吸漸漸變得粗重，窗外的陽光拋灑進來，將他背影拉出一條長長的線。我看到這條線變得起伏不定。

我就在他側後方，看他用顫抖的手，將水彩筆一支支地數著拿出來，一共二十支。他很溫柔地將每支筆都撫摸了一遍……

然後他用雙手拿起一支筆的頭尾，舉起來，他的手在抖，握得很用力，似乎隨時都要折斷這支筆。

「哈哈。」拍檔這時笑了出來，笑得灑脫，似乎沒有感到一絲一毫的悲哀。他看上去已經放棄了一切執著，坐了下來，轉頭看向外面的太陽，做了個深呼吸之後，就閉上眼睛，「這個結局，還是挺適合天才藝術家的，不壞。」

「啊啊!!」

祝泉發出了怒吼……

「啪！」

這個聲響不是畫筆被折斷的聲音，而是被他砸在地上的聲音。畫筆掉在地上彈了起來，落下來又滾了很遠，一直滾到我的腳邊。

他終究沒有下手。

「嗚……嗚……啊……」

他跪在地上，哭得撕心裂肺，胡亂地抓著地上散落一地的糟糕畫作，瘋狂地捏緊、撕扯、啃咬……

他看上去瘋了，哭聲像個孩子。

拍檔睜開眼，他先是低頭看了一下自己，詫異地發現完好無損後，便轉過身，悵然若失地看著那個倒在地上哭泣的祝泉。

「怎麼不動手呢？你他媽怎麼不動手呢？」

他喃喃自語，好像很失望，轉頭看看我，發現我正沉默地凝視他，便朝我吼道：「你看什麼!?你看什麼啊？你是不是在可憐我！誰要你可憐！庸人！廢物！」

吼完我以後，拍檔驀然轉過身，輕輕一躍，飄浮到祝泉的上空，以俯視的角度對祝泉發瘋般地吼道：「以前我就知道你是個廢物！庸人！教了你那麼多年，你他媽怎麼還那麼不長進？折個筆而已！折個筆就完了啊！我跟你都不用煩了！你在那邊心軟什麼？本天才甩了你六年！六年啊，你這白痴！廢物！庸人！」

然後奇怪的事發生了。

祝泉竟然停止了哭泣，他抬起頭來，用哭紅的雙眼看著拍檔。

拍檔也愣住了。

「你，看到他了？」我忍不住驚訝地插嘴問道。

「他在那裡？」祝泉疑惑地看著上方，很顯然他什麼都沒看到，「只是一種感覺，好像……那裡有什麼。」

好強的直覺。

拍檔則傻在半空良久，隨後長嘆一口氣，失魂落魄地飄回電腦桌，再也不發一言。

「你走吧，讓我一個人待著。」祝泉對我下了逐客令，我不太分辨得出他的情緒，但想必他現在心緒紛亂到了沒有辦法正常溝通的地步。

我便點點頭，「你好好休息，有事，或者有什麼決定的話，可以給我電話。」

「走吧。」他身體完全放鬆地向後倒，靠在床上，朝我隨意地揮了揮手，並用一種空洞得令人害怕的語調說：「走吧，有什麼事，以後再說。」

我離開了祝泉的家，事情到了這個階段，的確沒有什麼我能插手的餘地。我雖然是個物靈師，但下決定的，終究還是物品，以及主人。

當我騎著貞德自行車出了住宅區，發現人行道旁圍滿了人，甚至還有記者在那裡採訪……

「阿樂，停一下。」書書在我身後突然開口說話。

「啊？」本來在使勁踩著踏板的我，本能地按下了剎車，讓自行車一個帥氣的甩尾停頓，「怎麼了？」

「那幅畫……」書書指著人堆處，我將自行車牽到了那裡。隔著圍觀人群，我看到裡面的牆上有一幅壁畫布滿裂紋，並且失去了色彩。

那幅畫，畫的正是哥吉拉站在城市中的景象。

「正如大家所見，從昨天開始，僅僅還只是裂痕，但到了今天，這個城市裡大量的壁畫作品、非印刷作品都出現了顏色的缺失。這些作品全部都是名插畫師七尾魚先生的，專家推測可能是七尾魚先生所使用的顏料存在缺陷，擁有腐蝕建築結構的成分，並且根據其揮發特性，是否對人體有害將重新調查。據不完全統計，顏料的生產廠家自六年前起……」

之後記者小姐的話我就聽不進去了，我知道這意味著什麼。

——拍檔快不行了，他已經懷疑自己到無法保存自己作品的地步。他認為，自己已經完全失去作用了。

「不要難過，這種事本來就不是外人能解決的，阿樂。」書書在一旁開口勸解。如果說昨天的裂痕是因為破壞拍檔作品的幻象所導致的，那麼今天全面失去顏色，就完全是一種精神上的絕望。

失去了顏色，對於一名水彩筆物靈來說是一件多麼可怕的事，我完全可以理解。

但是就如書書所說，沒錯，我沒有解決辦法，一點辦法都沒。

這已經不是第一次了，眼睜睜地看著一些物靈消逝，我卻無能為力。然而，我仍然盡可能地去做一些力所能及的事，因為這些事我不做，這個世界上大概就沒人能做了。

但總有些人、總有些物，我對他們無能為力。

在剛剛從事物靈師的委託時，我曾經以為，比起人與人之間的關係，人和物之間的共存以及利用關係，將會使很多事都變得單純，所以會好解決得多，至少要比處理婚姻糾紛的律師工作好得多。

我猜中了前面，卻沒猜中結尾。

人和物的關係也許是會讓事情單純一些，但反而更加難以解決。因為單純，所以解決委託的方式會變得更少。這也是為什麼我做了不少委託，但報酬一直很少的原因——因為完成率太低。

尤其是當人和物出現衝突的時候，在可能的情況下，我總是會不由自主地傾向物的那一邊，而不是人的。

但能給我錢的，都是人。至於物品，他們除了讓我店鋪裡再多一個拖油瓶，頂多是替我那間鮮有人問津的當鋪多一些溫度。

不過我仍更在乎後者。

✤ ✤ ✤

當我回到店門口，已經下午一點了。我剛要翻掉營業掛牌，某隻叫大牌的拳擊袋鼠就蹦了出來，衝我唰唰揮了兩拳，讓我忍不住退了半步。

「主人，那個叫李霍端的小胖子剛才要來店裡哦！但他已經被我勇猛地擊退了！」

大牌表著功，得意洋洋。

「哈？」我一臉迷茫地看著他，「什麼意思。」

「就是他沒打開門的意思吧。」書書在一邊翻譯。

對哦，看來我還沒從剛才的消沉中走出來，竟然連這種「簡單外語」都要書書幫我翻譯……

「他來幹什麼？」我有些愕然，今天上午他可是一邊鄙視我一邊離開的，怎麼那麼快又回來了。

「不知道，但我知道他一定過得不好。」大牌搖頭晃腦地說。

這滿腦子肌肉的傢伙，什麼時候存在觀察力了？我狐疑地問道，「為什麼？」

「他臉上紅紅的巴掌印告訴我的。」大牌揮出一記快速的直拳，然後側過身子，在一瞬間彷彿柯南附體，「真相只有一個——他被打了！」

我最近是不是在八戒那邊放了太多動漫了……一個個都瘋瘋癲癲的。

不過更離奇的是，這小胖子也有吃虧的時候，是誰那麼威風凜凜？難道是他老爸李岩？唔，從小胖子提到他老爸時的德行，這個可能性很大！

「然後呢？他去哪了？」

「勝者不會在意喪家之犬的下場。」

「這句臺詞你從哪看來的？」

「我想的！帥氣吧？」

……和他廢話真是個徹頭徹尾的錯誤。

我突然聽見一道氣喘吁吁的女聲。這個聲音有些耳熟，讓我不由得轉過身——

「請、請問……」

我的確見過她。

她是張倩，張賢的女兒，小胖子李霍端熱烈追求的對象。

女孩今天還穿著校服，梳著幹練的馬尾，鼻尖隱冒汗珠，輕輕喘氣，指著我的當鋪問道：「你是……這家餐廳的老闆嗎？」

「它不是餐廳……」我微笑著回答，同時嚥下心中的淚水，「雖然看起來比較像……」

「啊？是嗎？真對不起……」小姑娘慌忙地道了聲歉，然後嘟囔一句，「……那禍端明明說是餐廳……」

李霍端你下次有種別跑，我保證不弄死你！

「沒事……」我乾笑了幾下，「有什麼事嗎？如果是找那小胖子，他現在不在我這裡哦……」

「真是的，跑哪去了……」張倩皺了皺帶著雀斑的臉，似乎有什麼事讓她感到有些煩躁。她抬起手，用手腕擦了擦額頭的汗時，我才發現她好像提了一袋東西。

她僅僅是懊惱了一會，便將手上的白色塑膠袋往我手上一遞，「那個，能拜託你，將這個交給霍端嗎？哦，裡面是鴨肉飯啦，都是我做的哦，有霍端的一份，也有你的一份……如果不嫌棄的話……」

咦？我也有份嗎？

我愣愣地站著，「這不大好吧？」

「嗯，霍端常說在你這裡蹭飯吃不付錢……所以別客氣啦。」張倩一隻手毫不避嫌地抓住我的手，將袋子往上一放，「還有啊，上面那個是正常人的大飯量，下面是霍端這個大胖子的特大版，別弄錯哦。」

「呃，那謝謝了……」我掂了掂手裡的分量，還真不輕，用手一碰發現還有些溫度，看來是一做好就送來了，「妳還有什麼話要傳給他的嗎？」

女孩明顯地猶豫了一下，然後嘟著嘴說了一句：「沒有，再見。」

十分突兀地道了別，張倩轉身離開，但走沒兩步又停了下來，有些猶豫地轉過頭，漲紅著臉，似乎想要說什麼，卻沒說出口。

「想說什麼？」

張倩張了張嘴，憋了半天總算擠出一句話：「讓他早點回家，李叔叔會罵的！」

「哦。」

張倩原地跺了跺腳，就跑遠了——看來她還是沒說出想說的話。

「我一直以為青春期的男孩會蠢得不可救藥，沒想到女孩子也是。」我感嘆了一下，忽然想到李霍端那張可惡的胖臉，於是問書書：「妳說，是不是小胖子傳染的。」

書書瞪了我一眼，「阿樂，這種時候別幸災樂禍。」

「這是青春期的樂趣所在，長大了就沒了。」我聳聳肩，「我可不會同情那個小胖子。」

誰教他對外放話說我是開餐廳的？

第八章 真正的價值，哀慟

那麼問題來了，手上提著兩碗鴨肉飯，我該怎麼找他？

「你在找我嗎？」

我被背後突然冒出來的聲音嚇了一跳，連忙轉過身，驚詫地看著那個神出鬼沒的小胖子。然後我發現，就如大牌說的那樣，他的臉上有一道紅紅的巴掌印，

「你能不能別和鬼一樣冒出來？你臉怎麼了？」

李霍端看上去很委屈地吸了吸鼻子，卻轉身斜瞥了我一眼，「想知道？」

「想知道。」我點頭，然後壓下那句「說出來讓我開心一下」的話——隱瞞自己的欲望真痛苦。

「我偏不告訴你。」

這死胖子太賤了。

我仰天翻個白眼，然後拿起手上的袋子搖了搖，「進來吧，還有你的一份。」

小胖子死死盯著我手上的塑膠袋，艱難地嚥了口唾沫，看得出來他很餓，這次卻十分有骨氣地說道：「哼，我才不吃。」

拜託先把你的口水擦擦，嘴唇都亮晶晶的了。

他嘴上這麼說著，但還是跟著我進來了。我忍著笑把兩份鴨肉飯放到桌子上，拿出我的那份，翻開塑膠蓋，瞥了瞥李霍端，「真不吃？」

「咕嘟……」

好響亮的嚥口水聲，如果一直保持這個水準，這小胖子的口水分泌能力。估計能夠讓他在不帶飲用水的情況下橫越撒哈拉沙漠了。

「我吃……」李霍端死死盯著我打開的便當盒，湊上來了一點，但他在最後關頭還是成功克制住了自己，「……是不可能的！我很堅定的，不要誘惑我！」

我突然覺得我今天中午這頓飯一定吃得很香，而且會充滿了一種精神上的愉悅。

「既然堅定，就不要怕誘惑。」我從袋子裡拿出免洗筷，深深吸了一口氣，享受著便當裡奶油的香味，「我願意幫你鍛鍊意志力。」

說著，我便扒了口飯，接著又往嘴裡塞了一片鴨肉——啊，果然棒極了。

但就如張賢所說，他做的鴨肉飯並不比女兒來得要差，唯獨這個李霍端為了拍女同學馬屁會比較無恥一些——嗯，還挺下工夫的。

我的死黨王程也常說沒有原則才是把妹的基本功。

也許是對我的舉動不滿，書書在一旁嘆了口氣，「阿樂，你別這樣欺負孩子……」

「咿！咿咿！」

因為被對方做成項鍊的關係，依依對李霍端很有好感，此刻也鼓著腮幫子瞪我。

但她們真的誤會我了，我語氣深沉地說了一句：「我是為他身體健康著想，他還在長身體，不吃飯怎麼行？」

淘氣在一邊正小心翼翼偷摸睡著的胖次，彷彿是個上自然課時對小動物充滿好奇的小學生。但聽到我的話後，他轉過頭來瞪了我一眼，「那先把你臉上的笑收起來，噁心死了！笨——蛋！」

「……」我尷尬地摸了摸鼻子。

「喔喔，淘氣命中紅心。」

「不就是吃了你幾頓飯嗎？小氣鬼！」

「人家還給依依做項鍊呢！多有心啊，你看你！一個月才把我洗一次！」

「就是，還有啊，你不知道茶壺要有四個一模一樣的姊妹花茶杯，才算擁有完美的後宮嗎？這每個都不一樣就算了，這缺的一個你什麼時候給我弄來？」

這群混蛋……就沒一個把我放在眼裡的。

不管他們，我只管自己吃香噴噴的鴨肉……飯呢？

鴨肉飯哪去了!?

原本在我面前的鴨肉飯不翼而飛了，明明剛才還在的，我只是一瞬間被吵得走神了而已啊！

我剛泛起這個疑問，就聽到身邊響起了小胖子那極勾人食欲的咀嚼聲——他什麼時候幹的，好神速。

「那個……那碗是我的……」

「唔嗯唔嗯唔嗯唔嗯……」小胖子很專心地吃著，完全不理我。

喂喂，好歹看我一眼啊……

我拍了拍小胖子的肩膀，他轉身用肥厚的背脊對著我，自己一個人在那邊狠命吃。

過了好一會，他才停了下來，「哎……」

喂！你那愁眉苦臉的語氣和你吃飯的氣勢完全不搭啊，ＯＫ？

「她果然生氣了，飯都沒以前做得好吃，哼！」

「偶爾失手很正常嘛，一個不小心鹽灑多了之類的……而且你這個是心理作用啦，我剛才吃了很好吃，還有這碗特大份我就開動了哦！」我不客氣地拆開那份特大版的鴨肉飯便當蓋，隨即就被嚇了一跳——這根本就是我那份的兩倍啊！

而當我試著用鴨肉夾著飯，塞進嘴裡的剎那，我愣住了。

不是不好吃，是很好吃……但問題是，為什麼比我那碗好吃？

好吃得讓人不敢置信。飯粒軟硬適中，每一顆都混著奶油和鴨肉的香味，夾雜在飯粒裡的一些小蔥，也讓原本容易膩的鴨肉飯變得清爽；而鴨肉的部分，因為有著肥厚的鴨皮，微焦的表面將鴨油很完美的濃縮在裡面，咬下去的一瞬間，頓時滋潤了原本略顯乾老的鴨肉，使味道變得極為鮮嫩……

張賢是錯的，他女兒做得真的比他好吃。

但所有人都不知道，我不知道，其他客人不知道，包括張倩的親人也不知道……只有李霍端清楚。

恐怕，連張倩自身都不清楚。

我想起了張倩之前在店門口和我說的話——

「能拜託你，將這個交給霍端嗎？哦，裡面是鴨肉飯啦，都是我做的哦，有霍端的一份，也有你的一份……如果不嫌棄的話……」

「還有啊，上面那個是正常人的大飯量，下面是霍端這個大胖子的特大版，別弄錯哦。」

我明白了，不管她到底是故意的，還是無意識的，總之那碗李霍端專屬的鴨肉飯，真的很不一樣。

「呵呵呵呵……」我忍不住笑出聲來。

「笑什麼！我跟蹤的事情被發現了，就和小倩吵了起來，她賞我一個耳光，我實在生氣，就過來了……我被女生打了一巴掌就讓你這麼開心嗎？」李霍端悶悶地說著，很不悅地瞪了我一眼。但看上去他沒心思和我鬥，所以又轉過頭去，「我知道我比較讓人煩啦……切！」

他說完這句，就將手裡吃了大半的鴨肉飯放到桌子上，雙手交叉抱胸，一副氣鼓鼓的樣子。

而我將自己面前那份特大份的鴨肉飯推到了他面前，「吃吃看吧。」

「不吃，沒胃口！」口氣硬邦邦的李霍端看都不看我一眼，只是雙眼直直地看著斜下方，嘴唇緊抿，憋著氣，神情……唔，雖然這麼說不合適，但看上去真的就和便祕一樣，一點威懾力都沒有。

「吃吃看嘛，你肯定不會後悔的。」

「說了不吃了！你好煩哎！」李霍端滿臉不耐，將我推到他面前的鴨肉飯推開。

「那我換個說法好了。」我拍拍他的肩膀，再將那碗鴨肉飯重新推到他面前。同時，我很認真地告訴他：「這碗如果你真的一口都不吃，一定會後悔的。」

李霍端一愣，然後斜眼看著我良久，「真的？」

我點點頭，無比肯定地說道：「比鑽石還真。」

李霍端拍掉我的手，猶豫了一下，最後有些不情願地說了句：「信你一次。」

他端起那個特大份的便當，端詳了好一會，才慢吞吞地下筷。他看上去有些抗拒，但我仍然從他眼中看到了些許的期待。

當他把食物塞進嘴裡的那一刻，我看到他的眼神亮了起來，有些不可置信地轉頭看了我一眼，又低頭看了看手裡的鴨肉飯，「嘿嘿」傻笑幾聲，配著他臉上微紅的掌印，顯得很是滑稽。

對此我放下了心，然後……把手伸了過去。

「幹麼？」他很警覺地看著我。

我向他眨了眨眼睛，「吃飯。」

小胖子大怒，眼睛瞪大，「這是我的！」

「我的被你吃了啊！」

小胖子一指剛才被自己消滅了大半的鴨肉飯，「不是還沒吃完嗎？」

我一看那份原本屬於我的鴨肉飯，差點沒暈過去，「你看看！只剩白飯了，一塊鴨肉都沒有！這還是鴨肉飯嗎？只是米飯而已！」

李霍端冷笑：「這麼大了還挑食？小時候你家裡怎麼教你的？」

「……對於只把白飯剩下來的你，沒資格說我。」

我剛說完這句，就聽到自己的手機響了起來——

「Oh Take a look in the mirror you look so sad……」

當這熟悉的音樂響起，我拿出手機，看了上面的顯示，是祝泉的——看來有結果了。

我頓時沒了和小胖子搶飯吃的心情，走到一邊接起電話，「喂？」

電話那頭沒有馬上開口，但我能感覺到對面的掙扎，「我不需要它了。」

「……」我沒有說話，心卻忍不住一沉。

「它已經成為我畫畫的阻礙。如果原本那些成就都是因為它才有，我不會要的。」祝泉一字一頓地說著，我發現他竟然一點一點變得堅定了起來，「我會重新開始將畫技練起來，不會讓任何人以及任何東西妨礙我。我會努力去擁有屬於我自己的畫技，所以……我知道你在收這些，比較特殊的舊東西？」

「是的。」我連忙應聲，我差不多知道他的意思了。

「願意留下他嗎？」

「當然……」我給了肯定的答覆以後，忍不住尷尬地說了句，「只要價格合適的話，因為是當鋪，所以不會太高價的。」

嗚，好討厭是窮鬼的自己。

「不用了，你願意拿就好。我已經把它交給郵差了，快的話今天，慢的話明天就可以到。」

「哎……」我愣了一下，沒想到他這麼急，似乎一刻也等不了的樣子，「等等……」

嘟——嘟——

電話掛斷了，沒有道別，沒有說以後聯繫，好像想和這方面做個徹底的了斷。所以我明白了，恐怕我這輩子都不會再看到他。

七尾魚，也將徹底從這個世上消失。

可惜了。

輕嘆一口氣的同時，我聽到了一聲毫不掩飾的長長飽嗝——

我頓時大驚回頭，在看清眼前的光景後，即便已有了心理準備，也依舊悲憤難平，「死胖子，你居然都吃光了！」

「愛的便當怎麼可以浪費～嗝！」小胖子正愜意地拿著一根牙籤剔牙，神情就和民國初年在戲院聽曲的鄉紳差不多，「唔，跟你說了也不懂！」

「說這句話之前，先從國中畢業吧，小子！」我咬牙切齒地說。

「哼，你大學畢業了也沒有愛心便當吧？這和學歷無關。」

「大人的世界你不懂。」我面無表情地回答，心臟卻有被貫穿的感覺。

說起來，我曾經親眼看到一隻狗在聞了一下閔姿做的便當以後就轉過頭，狗臉還露出深深的嫌棄，導致我對那隻狗的擬人神演技充滿濃濃的敬仰之心。

至於那個便當最後怎麼了？呵呵……不要問，我已經不記得當初發生了什麼，只知道後來我甦醒時，醫生看著我露出憐憫的目光，嘆了口氣並且給我一個忠告——別用生命談戀愛。

小胖子在我這裡又待了一個小時，才被我一腳踢出去讓他趕快回家。因為他父親李岩打了通電話給我，說讓李霍端回家，他要好好「招待」欺負小女孩的兒子。

等李霍端走了以後，店裡又陸陸續續進來過四個人。

第一個客人賣了一條便宜的項鍊給我，第二個客人在店裡轉了一圈沒看到滿意的東西就走了，第三個客人則以為這裡是餐館，第四個是迷路的進來問路，最後象徵性地買了一個便宜的鑰匙圈就走了，還算厚道……

今天總算有些入帳，雖然少得不夠一頓飯錢。

✿ ✿ ✿

到了晚上八點半，我就打烊了。這個時間點已經不太會有客人來，還不如關掉店鋪，省點電費。

當我走進自己的房間，想要讓八戒關掉成人網站，看一下這週的動漫新番時，手機又響了起來。我看著電話上顯示的名字，猶豫了一下，還是接了起來，試探性地發聲——

「喂？」

電話裡傳來閔姿的聲音，聽上去一點也沒有生氣的感覺，「我表弟的事搞定了？」

「呃，算是搞定了吧？」雖然拍檔的本體還沒有到，但根據這個結果來看，我不得不認為這件事已經結束了，至少再也沒有需要我的地方，「雖然不是很完美。」

「呼……」我聽到閔姿長噓了一口氣，「已經很好了，我媽可以放心了。謝謝，明天中午請你吃飯，十二點半，別遲到哦。」

「哎？」

「哎什麼，我請客很奇怪嗎？」閔姿嗔怪地說著話，恍惚間我竟然想起了以前交往時的景象。

我連忙搖了搖頭，「那倒不會，只是好久沒和妳吃飯，一下子沒心理準備。」

「和我吃飯需要心理準備嗎？呵呵，你是不是還有什麼想法？」她輕鬆地調笑著，我估計如果她在我面前，又會勾我下巴了。

為了不讓她再誤會下去，我老實地告訴她：「不是，只是擔心吃飯地點。如果是在妳家，食物還是從妳廚房裡端出來的……我明天可能會身體不舒服導致去不了，唔……妳當我生理期來好了。」

「生理期！」我聽到閔姿此刻的說話語氣帶了磨牙聲，格外嚇人，「你為了不吃我做的東西，連身為男人的尊嚴都不要了嗎？」

聽到這句話，我想了一下，最終還是嘆了口氣承認自己很沒出息，「其實……我很怕死的。」

「……」閔姿深吸一口氣，沒有說話，「總之明天不許遲到，敢遲到我殺了你，老地方見，混蛋。」

她掛了電話，而我則傻愣著注視手機良久——世界上有這麼凶狠的請客方式嗎？

至於她說老地方，倒讓我鬆了口氣，那地方不是她家，而是以前大學附近的一家快炒店。那家店上午休息，從十一點半開始一直營業到深夜十二點才關門，算是當時比較有人氣的一家店。

晚上人非常多，尤其是舉辦世棒賽間，氣氛熱鬧得幾乎可以讓我這種不愛看體育頻道的運動廢柴，都會被吸引注意力而不可自拔。

但結束後，我和閔姿都會覺得那種氣氛不適合我們，所以大多數情況更喜歡在中午去，因為客人少，聊天吃飯都會更輕鬆一些——而不是以一種火災求救的音量，來討論明年要上哪一門必修課。

「嘻嘻！」

「咿咿～」

我被一陣少女的嬉笑聲吸引，看到了一頭黑色短髮、穿著大小不一圓洞衣服的少女，正樂呵呵地和依依在半空中打滾嬉鬧，不由得感覺到一股暖意。

自從依依出現在這家店鋪，整家店的氣氛都變得陽光了許多，就連哭哭啼啼了兩年的笛笛，也漸漸展露出越來越多的笑容。

這家店鋪裡的物靈，心中幾乎都存有被拋棄的陰影，只是每一個的表現可能或多或少有些不一樣。

有些比較堅強，強顏歡笑久了，就漸漸真的變得開心起來。

有些則比較念舊，即便連原來主人的長相都忘了，卻依舊萬分依戀那最初的感受，笛笛就是這一類。

但不管怎麼說，在最初最濃郁、最痛苦的酸澀過去之後，即便強顏歡笑，我也希望他們能笑出來。

哪怕笑得像哭，笑得難看，笑得令人作嘔，我也希望他們能笑出來。

笑著笑著，自然也就忘了疼了。

在這方面，人和物靈，都是一樣的。

也許有人會質疑這是一種自我催眠，逃避現實的手段。也許吧，但這種事很多情況下並不重要，這是一種生靈本能的保護機制。

我們希望所有人堅強起來，但不等於讓軟弱的人失去生存的權利。

即便軟弱地活著，他們一樣有權利得到幸福。

笛笛在空中舞動的時候，氣流拂過她身上衣服的空洞，發出悅耳的聲響，隱隱將其譜成一首不知名的曲子。

雖然關掉了燈，但我依稀看到，笛笛的眼眶中有些閃爍。

是眼淚嗎？

或僅僅是窗外的月光？

「那不重要。」書書不知什麼時候出現在我的身後，我轉過頭去看她，她正用青色的眸子溫柔地注視在虛空中起舞的笛笛，又重複了一句，「那不重要。」

「書書……」

「嗯？」她將目光投向我，閃爍著她獨有的單純疑惑。

我搔著頭，嘆口氣，將臥室的落地窗打開，不顧夜晚微寒的溼氣，直接坐到門口的躺椅上，「為什麼妳總是知道我在想什麼呢？感覺好沒隱私欸……」

書書捂嘴輕笑，「因為我是書書，你是阿樂啊……」

「那為什麼我就不知道妳在想什麼？」我伸出手，看著頭頂的夜空，想將那遙不可及的圓月抓在手中，「啊，怎麼感覺今天有點刺眼呢，這月亮。」

「因為你是阿樂，我是書書啊……」

「聽到這些理由，真的意外地有種劣等感呢……」我將手靠在自己的眉間，遮擋住了月光，忍不住瞇起眼，「我真的有那麼遲鈍嗎？」

「阿樂，你在哭嗎？」

「哪有，都說了，是今天月亮比較刺眼而已。」

「這件事沒做好，不是你的錯哦……」
「我知道，我知道的啦……都說了沒哭！」

✿ ✿ ✿

初昇的陽光柔和地透過薄紗窗簾投射到我的臉上，我睜著眼睛，有些恍神地看著壁紙有點裂的天花板。
我今天很早就醒了，但一直都沒有起來，偶爾這樣也不錯，突然之間不想做事，就乾脆打烊一整天——反正我這裡也沒什麼客人來。
早餐也懶得做了，中午就要和閔姿吃飯，那時候再多吃一點好了……
至於健康？別和我這種胸無大志的窮鬼談健康，晦氣！
我又躺了估計有一個小時，才被一通陌生的電話叫起，是快遞的來電，在確認我沒有出門之後，他告訴我十分鐘後到。
我掛了電話，輕嘆一口氣，走到浴室迅速地洗漱完畢，就聽到了店門口的敲門聲。我隨意披了一件外套，就走到門口開門。

「先生，你的包裹，請確認。」

「嗯，沒錯，辛苦了。」我在單子上簽了名，就拿起盒子往裡走。才剛邁開步，我就聽到一陣隱隱有點耳熟的女子聲音──

「請問，還沒有開店嗎？」

我轉過頭，認了好一會才認出來，她曾經在我店裡典當過東西。她和那天來的時候有些不一樣，那時候她身邊跟了一個帥氣的男生，身上穿著淡紫色的蕾絲邊連衣裙，滿臉帶笑。

而今天，她一個人，穿著一身上班族的套裝，臉上依然在笑，卻沒當初笑得那麼開心了。

可以的話，我不是很想接待這位客人──因為她是笛笛的原主人。不過既然開了當舖，就沒理由對客人挑三揀四。

「哦，對不起，今天比較晚起床。不介意的話，現在就進來吧。」我向後退了一步，手往裡一伸的同時，將店舖的燈打開。

「不好意思。」她客氣地道了聲，就走了進來，一邊轉頭四顧。

於是我問她：「妳是要買什麼東西嗎？」

「啊？哦，嗯，是的。」她心不在焉地應著聲，在周圍看了好一會，才轉頭看向我，「我想買支笛子。」

「哦，笛子啊，剛好我最近收了好幾支，都是八成新的，很不錯。」我心中微微一緊，因為我看到一名短髮女孩突然出現在這個女子的身邊，以一種欣喜期待的目光注視著她。

而當我說出有更好的笛子時，笛笛不可置信地看著我，目光漸漸變得憤怒，「你……你……」

我轉過頭，不再看她，只是冷冷地對她輕輕說了句：「回去。」

笛笛頓時紅了眼眶，咬著下脣，眼淚掉了下來，卻倔強地抬著頭瞪我，「我不！」

「你說什麼？」女子茫然地看著我，顯然不知道我在和誰說話。

我連忙對女子露出笑容，「啊，沒什麼，妳稍微等等，我給妳拿幾款……」

女子神色一頓，接著說出我已經隱隱有預感的要求：「不了，我想問，我原來當給你的笛子還在嗎？我想買回去。」她又大致描述了一下典當時間，以及笛子的外觀。

聽到這個要求，我發現笛笛的眼神一下子亮了起來，亮得讓人心疼。

「那一款啊……」我皺了皺眉，「可以告訴我，妳為什麼要買回去嗎？」

「呃，嗯，雖然前男友送給我一支比較高檔的笛子……」女子似乎陷入了回憶，然後微微苦澀地笑了一下，「但其實，還是原來的好用一些，那支笛子不知道怎麼回事，總是有點不合拍呢……對我個人來說。」

只是……好用嗎？

小姐，妳出的價看來還不夠啊……

我暗自搖了搖頭，然後慢條斯理地報出了一個價，「嗯，那就一口價，一萬五。」

「你瘋了!?」

女子和笛笛同時出聲，她們不可置信地看著我，似乎作夢也沒想到我會報出這個價格。

女子看著我的表情，好像在看一個道德喪盡的奸商，滿臉厭惡，「我當初只花了一萬買下笛子，賣給你的時候也才五千吧？一萬五？我都可以買個全新的，你是想錢想瘋了嗎？」

她的話，倒真的一點沒錯。

我笑了笑，指向我放到展示架上、被擦得光亮的一些高檔長笛，「所以我建議妳買那些，那些ＣＰ值更高，價格也會更便宜些。唯獨那一根長笛，不好意思，沒有足夠高的價格，我不會賣的。」

女子無語地看了我良久，然後厭惡地對我吐出兩個字：「有病！」

隨後，她踩著高跟鞋憤然離開，臨走的時候還狠狠地把我的店門摔上，發出「砰」的一聲，讓我忍不住縮了縮腦袋。

「主、主人……」笛笛傻愣愣地看著那扇被摔上的門，喃喃自語，然後眼眶泛紅地看著我，我也沉默不語地看著她。

「我……你們、你們都不幫我……」

笛笛彷彿一隻楚楚可憐的兔子般無助地看了一下四周，便驀然「哇」地一聲哭了起來，就如兩年前，她剛來店裡時那樣，哭得撕心裂肺、哭得肝腸寸斷。

「嗚……我討厭你們！」

笛笛的聲音一直很好聽，哭的時候也是，卻讓人聽不下去。她的聲音讓悲傷的情緒在店鋪中幾乎濃郁得可以滴出水來，淹沒所有氧氣，令人無法呼吸。

店裡的其他物靈，沉默不語。

沒有人安慰她，也沒有人責怪我。

我卻感到一種說不出的酸脹感，似乎有種不明的液體，想要從心臟之中流出來……

第九章 情緒的波動，死寂

最後還是靠著書書出馬安慰，加上依依對我吐舌頭出氣，才讓笛笛安靜了下來。即便如此，笛笛還是回到了兩年前剛開始的那個狀態，不住地抽泣著。

「你、你為什麼不賣我？你……你不賣那麼高的話，就……就……」

「就買妳了……」我坐在店鋪裡的椅子上，有點無力地靠著椅背，「是吧？」

「是、是啊……」

「然後妳會再一次被丟掉。」我瞥了她一眼，看著她黑黝黝的眸子一下子又蓄滿了淚水，「下一次，妳可不一定這麼好命還能到這間店裡來。」

「胡說！主人才不會……」笛笛不服氣地振振有詞，但被我迅速打斷——

「不會什麼？那妳為什麼在這裡？」

笛笛愣了一下，低頭想了半晌，低聲地、用近乎乞求一般的語氣爭辯，「但這次她不會了……」

而我不為所動，面無表情地反問：「根據呢？」

「……」笛笛一滯，然後她的胸膛開始起伏，似乎因為我侮辱了她的前任主人而格外生氣。她結結巴巴地說道：「她、她喜歡我！她又來買我了！」

「那是因為妳好用！」我哼了一聲。

「我本來就是東西！好用就行了啊！」笛笛卻大聲朝我哭著、吼著，「你管那麼多幹麼？我才不要你管！她就是覺得我好用，所以才喜歡我……這還不夠嗎？你給我把她找回來！」

做為一個物品來說，主人覺得「它」好用，這還不夠嗎？

毫無疑問這是個愚蠢的問題，蠢得我都想發火了，我狠狠地一拍桌子，「這他媽當然不夠！妳能不能有點出息！」

只要主人覺得物品是「它」，就永遠不夠。

見我用力拍了一下桌子，笛笛嚇得往後跳了一下，彷彿看到一頭暴怒的獅子，眼裡滿是恐懼。

「這世界上有用的東西還少嗎!?啊？原來的 B. B. Call 多好用，大街上不管是人是鬼都人手一個，沒這個東西都不好意思上街打招呼了。但手機一出來，現在不是全都完蛋了？妳以為妳自己有多先進、多厲害？好用？昨天男朋友送了個不好用的新笛子就把妳賣了！今天男朋友把她甩了，她又想起妳了，誰知道她下一個男朋友會不會送個更好的！到時候垃圾桶就是妳最好的歸宿！好用？好用有個屁用！」

我深深吸了一口氣，強壓下即將爆發出來的怒火，「她喜歡妳？她喜歡妳當初就不會把妳賣到這鬼地方來，她喜歡妳剛才就會拿出一萬五千塊狠狠甩在我這個奸商臉上，再酣暢淋漓地說一聲『幹』，結果她怎麼樣了？」

笛笛茫然地看著我，一臉不知所措，似乎被我說話的樣子嚇到了。但我沒有在意，而是帶著譏諷的笑意，繼續一點點把殘酷的事實剝開來讓她感覺到疼痛——

「她罵了聲很有個人素養的『有病』，拍拍屁股就走了。笛笛，在她眼裡妳這破笛子搞不好還沒她天天踩得有腳臭的高跟鞋貴重。一萬五？那更別開玩笑了，還不如去夜店開瓶好酒發展發展，說不定就釣上凱子了，好用？光好用就行的話，妳現在就不會在這像孤兒院一樣的鬼地方哭哭啼啼了。」

笛笛啞口無言，只是紅著眼眶，無助地看著我，我見狀忍不住嘆了口氣，決定趁這個機會，再向整間店灌輸一些我認為身為物靈應該有的概念。

「我整天跟你們講，人不是什麼好東西，跟你們不一樣，什麼東西讓所有人都不願意丟？就是我錢包裡的東西。」

我掏出一張皺巴巴的紙鈔，用手指彈了一彈。

「跟著我念，因為很重要，我們要連念三遍，『是錢』、『是錢』、『是錢』，OK？但如果是只價值幾千塊、幾百塊的東西，就別指望別人會為了你有用，就永遠不丟掉你，他們永遠不丟掉你只會因為別的，而不是因為有用。如果你只是有用，那你的主人怎麼才會不丟掉你？」

我用手指輕輕點了下桌子，巡視了一下四周沉默不語的物靈，語氣輕蔑，「是痛，是痛啊，各位。足夠肉痛的代價才會讓他們下一次捨不得丟掉或者賣掉你們，因為你們那時候代表著大把白花花的鈔票！我不宰得這群混蛋心疼到想掐死我，你們以後還想有好日子過？」

見一群原本胡鬧的物靈們一個個都沒有說話，我突然覺得自己是不是過分了點，所以沉默地等待自己微喘的呼吸漸平，然後開口：「我說完了。」

「阿樂……」剛才一直都沒有說話的書書，溫柔地輕拍已經平靜下來、還在抽泣的笛笛，「你太凶了哦……」

「呃……唔。」我尷尬地搔了搔有點發癢的臉頰，「不好意思。」

我的話音一落，恍若不小心解除了靜音模式一樣，吵雜的譴責聲頓時山呼海嘯撲面而來——

「如果道歉有用，還要員警幹麼!?」

「說起來剛才的話真的是久違的……又臭又長啊！都快忍不住睡著了……」

「我都聽過三遍了耶！一點新意都沒有！也就是唬唬笛笛這種沒來多久的。」

「說廢話說那麼久，真是沒有時間觀念的男人呢，咕咕……」

「哦呵呵，哦呵呵呵……還是愛情動作片有趣多了……哦呵呵呵呵……」

「窮鬼的世界都是可悲的，其實他才是最賣不出去的那一個吧……」

「小氣鬼！」

「蠢貨！」

「奸商！」

「娘娘腔！」

我沉默了半晌再也忍不住罵道：「你們這群混蛋給我適可而止！還有『娘娘腔』是怎麼回事？剛才誰說的！站出來！」

「你聽錯了。」

「不要那麼敏感嘛……」

「小心眼。」

「就是……」

「娘娘腔！」

「又說了吧⁉」

「阿樂……」書書嘆了口氣，「別鬧了行嗎？」

「咕咕，主人現在幾點了。」布穀之前一直沒有機會問我時間，現在終於憋不住自己的本能，開口向我問道。

「現在？十一點五十六分了，快餓死……嘶！死定了！」我猛地倒抽一口冷氣，連忙衝進臥室裡換好衣服，跟著大喊一聲，「貞德！救命！」

此時，我腦中正迴盪著閔姿昨天說過的話——

「總之明天不許遲到，敢遲到我殺了你，老地方見，混蛋。」

✿ ✿ ✿

今天天氣很好，室溫在十七度左右——是殺人的好天氣和好溫度。

所以我在閔姿的對座擦著冷汗，瞥了眼店裡的鐘。嗯，快一點了，按照閔姿平常的作風，都是十分鐘前到。

所以雖然她嘴上會說「準時到」，但實際上會要求我提前十五分鐘——因為她討厭等人。

用她的話說：「讓女人等的男人，不是男人。」

「所以，你有什麼遺言要說的嗎？」

閔姿優雅地輕輕碰撞著刀叉，讓我忍不住吞了口口水。

「……我覺得做為華人，我們應該用一下筷子。」

閔姿頓時露出嘲諷的笑容，「以前怎麼沒發覺你這麼有民族自豪感。」

而我則滿臉嚴肅，「因為以前沒到生死關頭，所以靈魂深處的自豪感沒機會迸發出來……」

「哈，好久不見，又帶男朋友來吃飯？」當我絞盡腦汁胡說八道、尋找求生之路的時候，一個中年發福的光頭大叔帶著爽朗的笑聲走了過來。他對閔姿眨了眨眼，「這麼多年還在一塊，感情不錯喲？」

閔姿臉上的殺氣頓時僵住了。

而我只是沉默地吸了一口桌上的柳橙汁，然後老實地瞪著菜單。

閔姿沒否認，我還想活命，所以也沒多嘴。

「老闆好久不見。」閔姿迅速調整了狀態，對老闆微微一笑，「招牌菜有沒有變？」

光頭大叔大拇指一豎，「一點都沒變，老樣子？」

「老樣子。」

「OK，稍等。」光頭大叔甚為風騷地一抹油油的腦袋，轉頭邊喊邊走，「鴛鴦鍋，C號餐，六號桌。」

然後他頓了一下，似乎若有所思地看了我一眼，然後一拍大腿——

「加大份牛肉！」他臨走前對我眨眨眼，露出極為曖昧的笑容，「多補補，算我的。」

咳……

我和閔姿尷尬地對視一眼，接著迅速撇開目光，同時我聽到書書哼了一聲，和依依宛若稚童「咿咿」地無意識輕呼。

「我表弟的事，謝了。」似乎覺得沉默得太久、並且越來越尷尬的她開口說道。

「啊？喔！沒什麼，我也沒出什麼力就是了……」我搔了搔頭，覺得有點心虛，「只是把事情變成了本來的樣子而已，即便沒有我，變成這樣也只是時間問題。」

「嗯，我已經聽祝泉說了。」閔姿擺擺手，示意我不要自謙。她說到這裡，小心地看了我一眼，又迅速地低下眼簾，「這次沒你不行，所以這次……嗯，謝謝。」

這時，服務生把火鍋端了上來，她暫時停下說話。

直到服務生走後，她才又緩緩開口，「對不起，那天是我的問題，其實，我沒什麼資格對你的生活方式指手劃腳的。」

「別這麼說……」我苦笑著擺手，「妳這樣，我只會更加覺得自己是人渣。」

「吃東西吧。」

「唔。」

我第一次和閔姿吃了一頓氣氛如此凝重的飯，雖然是吃火鍋的關係，但我覺得額頭的汗比平常流得更多。

我甚至沒有吃出來我現在往嘴巴裡放的是什麼東西，只是機械地咀嚼、吞嚥、喝柳橙汁。

直到最後結帳，我和她之間說話的氣氛都沒有放鬆下來。我感覺得到，她還有話沒說，我卻又不好意思去追問。

直到她最後很豪爽地買了單，和我一起跟老闆道謝後走出這家店。

「呼……」迎著涼風，她吹了一口氣，掏出包包裡的喉糖，抓住我的手，往我手裡倒了幾顆，然後仰頭一股腦地把剩下的全部倒進自己的嘴巴裡，「爽……」

我也將手裡的三顆喉糖含入，嘴裡的火鍋味和滿身的燥熱在一瞬間消失了大半。

她滿臉微笑地深吸一口氣，才撇過頭看了我一眼，神態輕鬆地對我招招手，

「我還有事，那麼，今天就這樣？」

「喔喔，嗯，今天就這樣吧，保持聯繫。」我點點頭。

「嗯。」她輕輕應聲。

氣氛突然又變得有點尷尬。

因為我們兩個人都沒有移動自己的腳步，這種情況已經很久沒有碰到過了，我們從來沒有這麼沒默契過。

所以我的手往前一伸，示意她先走。

她沉默地點頭，便轉頭向左走，而我本來也想往左走的，卻莫名其妙地挪不動步子，所以只是沉默地轉過身，向右走。

而當我走到第三步時，我突然聽到閔姿叫了我一聲，不由得心中微微一跳，隨即轉過身，卻被她撲到了懷裡。

不知道是她身上名貴香水的味道，還是因為別的什麼，我的心跳開始加快，有些手足無措，只是茫然地伸出手，輕輕抱住她的身軀。

觸感很柔軟，根本不像平常她所展示的那般強硬。但她抱我抱得很緊，緊得讓我感覺到了些許疼痛。

還不等我說什麼，我便感覺到懷裡的軀體……在顫抖，她在哭。

我不知道她在難過什麼，或者說……我不知道自己是否真的不知道她在難過什麼。

「阿樂……差一點，真的只是差一點。」她在我懷裡哽咽，彷彿一隻小貓一般溫順，「差一點因為你，我就想當個……在父母眼中的正常人了。」

我心中一跳，有些詫異地低頭看向她。而她，也抬起頭看著我，我發現她黑色的瞳孔中散發著前所未有的依戀。

交往的時候，我其實曾經見過這份依戀，後來我以為那是錯覺，因為閔姿真的是女同性戀者，但這次——我沒有辦法懷疑自己的眼睛。

「當初本來只是想逗逗你的，因為你看起來很好欺負，我覺得很有趣。雖然你人真的挺和善的，可後來接觸的時間長了，有一天我突然意識到……」

她說到這裡頓了頓，「『啊，這個人，其實是不喜歡人以及這個社會的呢……』」

我沉默以對，沒有說話，只是輕輕地摸著她的頭髮。

「雖然我自己的興趣也有點不一樣，但那時看到你的眼睛，就是有一種衝動，有一種衝動啊，阿樂……」

「『一定要讓這個人喜歡我』，『一定要讓這個人，情不自禁地喜歡上人』，不過……」她微笑著，眼淚卻落了下來，「果然還是很勉強吧？你根本不願意為了『人』冒一些你不想承擔的風險，在你心裡，『人』這個字的沉重，超越了它本身的價值。」

「沒有，我只是……」我莫名地開始心慌起來，但她迅速伸出手指按住了我的嘴唇，輕輕地說道：「我的確不該逼你。」

「假如你真的變了，說不定我就對你沒有興趣了……嗯，誰知道呢？」她紅著眼睛，吸了吸鼻子，然後很親暱地捧住了我的臉，仔細地看了我良久，突然笑了起來，笑得無比明媚，配上秀美的面容，笑得我的心跳都漏了一拍。

「嗯~~~~~果然，阿樂就是阿樂呢……」

說完這句，她突然推開我，後退兩步，臉上猶帶淚痕，笑著向我揮手，「再見。」

我想否定她，然而我張著嘴巴，最終只是無力地吐出兩個字：「再見。」

她這次不再猶豫，直接轉身向前走去。我發現她的腳步輕了很多，似乎放下了什麼事一樣。

我站在原地傻了很久，直到閔姿消失在人海中，才苦笑一聲——

嗯，我好像真的拿這個奇怪的女人一點辦法都沒有呢。

「Oh Take a look in the mirror you look so sad……」

我的手機突然響了起來，拿出來一看，發現是來自於家裡——是八戒打的。

「哦呵呵呵～主人～店裡打起來了哦～哦呵呵呵呵～～」八戒的聲音中依然充滿一股天荒地老我不改的猥瑣勁，「很有趣哦～～」

我皺了皺眉，心想八戒今天怎麼會為了傳達這麼無聊的消息打電話給我，他平常應該看色情電影都來不及的，「啊？店裡難道有哪天我出門不打起來嗎？反正有大牌在，也鬧不到外面吧？」

「不是哦，今天……打得好帥氣，那個新來的好厲害，你再不回來，當舖就要被拆了哦～」

「……新來的？」我隱隱覺得自己是不是忘了什麼——

啊啊啊啊！我想起來了，拍檔的包裹還沒打開來！

一想到那個可以用畫畫來召喚出各種奇怪東西的狐貘，我就不寒而慄，胖次也不知道恢復過來了沒有，只憑大牌在那邊撐場子的話——恐怕壓不住啊！

如果店裡那群傢伙齊心合力還好，可他們有相當一部分唯恐天下不亂，試想一年四季都待在這個光照不怎麼好的店鋪裡，來來去去都是這麼幾個人，還沒什麼有益身心的娛樂活動，不心理變態已經謝天謝地，你還想讓他們老老實實的話……還不如去廟裡燒香乞求中樂透機率比較高一點。

這群混蛋，來了個厲害的新人就興奮起來，而且拍檔現在這個樣子，如果有能力的話，估計他毀滅世界的心都有了，就算把我的店拆了，也沒什麼好奇怪的吧？

想到這裡，我只覺得一股寒意從尾椎骨直衝而上，渾身不由得抖了一下。

「貞德！這次真的要救命啦！」

「主……主人!?」

✿ ✿ ✿

我發誓我從來沒有騎那麼快過，因為我剛才至少甩開了三輛交警的摩托車，估計明天就會有標題為「來自自行車的戰帖，市交警的慘敗」之類的新聞了。

而當我心急如焚地衝進店鋪，卻被店鋪裡的景象驚呆了——為什麼這麼和平？

茶壺阿貴正抱著一只我沒見過的茶杯滿臉幸福，淘氣蹲在角落裡鬥蛐蛐，布穀則喜孜孜地擦拭著掛在自己身上的新懷錶……

「哦呵，哦呵呵呵～～～」一陣猥瑣的笑聲傳來讓我轉過頭去……

然後我就感覺到鼻子一熱，似乎有不明液體要從鼻腔裡噴出來——我竟然看到八戒正對著一個身材火辣的裸女流著口水打轉。

對此，我心裡已經有答案了。我轉頭看向那個坐在我桌子上的狐獴，「你幹的？你們沒打起來？」

「我只是讓那頭豬耍你一下，代價是替他畫個裸女……」狐獴瞥了我一眼，幸災樂禍地問：「泡妞失敗了？」

啊？

我愣了一下後，立刻明白八戒幹了什麼。我跟一個女人出去吃飯，他如果五分鐘內不想出三百多種色情聯想，他就不是八戒了。

而八戒將這個訊息透露給拍檔，拍檔自然有了要「壞」我好事的想法。至於他怎麼辦到的，看看我的店舖吧，這一群混蛋都被輕易地收買了。尤其是八戒，看他那色迷迷的恍惚神態，直到現在都還沒發現我回來。

「嘖……我要的可不是這種表情。」拍檔似乎對我的表現很是不滿，他飄到我的頭頂，居高臨下地望著我，我這才發現他眼白處充滿了病態的血絲，「你還真的是喜歡多管閒事啊！庸人。」

「你想說什麼？」

「祝泉的事，你不覺得你什麼都沒做成，最後所有人都不開心嗎？」拍檔滿臉厭惡地看著我，同時慘然地嘲諷：「滿足於自己廉價的道德感了吧？庸人。」

「不管怎麼樣，你現在歸屬於我，我會好好使用你的，有些事……過去了就好。」我並沒有生氣，對這種事已經習慣了。

幾乎有一半以上的物靈，剛來這裡的時候，表面都像一隻張牙舞爪的獅子，內裡卻虛弱得像隻連吃胡蘿蔔都會咬斷牙的脆弱兔子。

「我不會讓你使用我的。」拍檔冷冷地看了我一眼，眼中閃爍的怨恨讓我心驚，「我絕對不會再成為庸人之筆，而且……這件事，因為你才永遠都過不去！」

「什麼意思？」

「庸人……廢物……」拍檔喃喃自語著，並不回答我的話，只是轉過身，神情呆滯地縮到角落，瘦弱的身軀微微顫抖著，「我沒錯……我沒錯……他本來就不應該畫畫……他本來就是廢物……他根本做不到的。」

我剛想再勸解一下，卻發現書書出現在我身前，對我搖了搖頭。

沒錯，根本不用急。時間，還長得很。

只要我使用他，他就能存在下去。想到這裡，我就走向那個放著拍檔的郵遞包裹。因為今天出發得比較急，我甚至還沒來得及拆封。

然而，我的手還沒碰到郵包，拍檔就突然尖聲叫道：「別用你的髒手碰我！」

「吼！」一聲虎嘯響起，天空中浮現出彩色的墨水，瞬間融合成一隻猛虎，張牙舞爪地撲向我。來自森林之王的注視以及威嚴，令我幾乎無法挪動步伐，只能眼睜睜看著牠咬了過來——

「啊噠～～」伴隨一聲酷似李小龍的滑腔，一只紅色拳擊手套驀然出現在猛虎的下方，狠狠地擊上牠的下顎。

「嗚……」猛虎在一瞬間化為一灘顏料落下，飄散，消失。

「除了胖次，沒人能打贏我……啊噠～～」大牌宛若一個專業的拳擊手一樣蹦蹦跳跳的，時不時揮出足以帶出勁風、化為殘影的對空拳擊。

對此還在呼呼大睡的胖次翻了個身，迷迷糊糊地說了句夢話：「白痴……」而與此同時，拍檔也不屑地說了一句：「庸人……你能對付幾隻？」

我不由得一愣，轉頭四顧，才發現整間當鋪的牆壁、天花板還有地板，竟然畫滿了一隻隻猙獰的猛虎，虎嘯隱隱傳來，讓我忍不住頭皮發麻。

「我說了，我絕對不會成為庸人之筆，不想死就別來碰我。」拍檔冷冷地對我說道。

我終於意識到了拍檔這個物靈有多棘手，卻拿不出別的辦法，只能苦笑著勸道：「你知不知道……」

「不就是消失嗎？」拍檔不耐煩地打斷話，用那雙黯淡無光的雙眼盯著我，眼神中滿是死寂之意，「我早就活夠了，別拿庸人的想法來揣測我這種天才藝術家，蠢貨。」

拍檔很顯然不瞭解我，雖然我並不是特別強勢的類型，但我絕對不會讓一個物靈在這種狀態下死在我的店裡。

但今天無疑不是勸解的好時機，先不說在胖次虛弱的情況下是否能夠所向披靡，就算能，根據對付哥吉拉那一次的經驗來看，如果死硬到底，恐怕也會讓拍檔再一次受到巨大的傷害，所以我決定退開。

況且，我也發現了，似乎這件事中還有一些我沒有發現的部分。今天看到拍檔的表現後，我也不禁開始懷疑，這個物靈真的……是嫉妒嗎？或者說，真的僅僅是嫉妒嗎？

嫉妒繪圖板和電繪筆、嫉妒自己的主人？

我並不太確定，畢竟從頭到尾參與決定的都沒有拍檔的影子，他只是被動接受了自己被安排的結局。而這一切的根據，全都是建立在我的推斷之上。

謹慎一些。

我這麼告訴自己——因為物靈比人更脆弱。

第十章

決裂的真相，轉折

未來接連幾天，拍檔都表現得像隻受傷的絕望野獸，只要我一接近，他就顯得情緒激動，但好在其他物靈和他溝通起來並沒有什麼障礙。

他討厭的，只有我而已，這是目前唯一的好消息。

所以這段時間，我拜託書書帶動其他物靈一點點軟化拍檔的態度，我的要求並不高，只要他願意活下去，只要他還在這間店鋪，時間將會讓他忘卻一切疼痛。

這是當鋪內幾乎每一個物靈的必經過程，有許多物靈過不了這一關，因為不管是什麼理由離開了主人，對已經習慣了那個主人的他們來說，是整個世界的崩潰。

能繼續存在下來的，少之又少。

而這個過程，我願意稱之為「成長」。做為一個物靈，拍檔還太年輕了些。

我以為我有足夠的時間，但後來發現我似乎錯了。三個月後，我驚覺四周牆壁上的猛虎少了一半以上。

拍檔在以一種我肉眼可見的速度衰弱下去，雖然衰弱得不算快，但照這個趨勢下去，他一定會撐不住的。

我看到他百無聊賴地躺著，目光無神地看著他面前所有的一切，眼中卻一樣東西都沒有映照出來。

那裡面什麼也沒有，空洞無物，讓人心慌，即便是店裡的物靈向他打招呼，他也只是隨意地回應一下。可就算在那個時候，他的目光也一直沒有變化。

「不行，他對什麼都沒興趣。」在角落裡和我談論拍檔的淘氣嘟著嘴，一臉的懊喪，十分不雅地對我豎起中指，「你到底怎麼傷害他的啊，笨～～～～蛋！」

「就算你這麼問我，我也不知道啊……」面對店舖裡無人敢惹的小霸王的抱怨，我只能苦笑解釋。

「不管！就是你！去死吧，笨——蛋！」淘氣完全沒有理會，只是對我吐著舌頭，同時用手指翻了個白眼給我。

「我都說了……」

「笨——蛋！笨——蛋！」淘氣完全不給我說話的空間，自顧自地喊著笨蛋兩個字。

完全不能溝通啊……指望這個小鬼的我，也真是太傻了。

「能救他的東西，不在這家店裡，他雖然待在這裡，魂卻不在。你就算在他面前起乩也沒用啊，大師！」

「我不是大師……」

「少挑三揀四的啊！大師！」

「你……」

「吵死了，反正你最好出去想辦法啦！」淘氣突然說出的一句話讓我愣了一下。只見他吸了吸鼻子，手一揮，「只在你這個破破爛爛的餐廳裡，是救不了他的啦！」

「這裡是當舖哦……」我用微微抽搐的笑容提醒。

「是什麼都好啦！」淘氣不耐地挖著鼻孔，以一種十分欠扁的態度對我說：「反正你開什麼都賣不出東西啦！」

「……」自尊心ＨＰ值已然見底，於是我決定不再和他探討這個問題，「那你覺得店裡沒有，外面就一定有嗎？」

「我哪知道，自己去找啦！反正待在店裡，你肯定沒辦法。」淘氣一臉嫌棄地對我揮揮手，「外面有沒有不一定，但總比沒找好吧？就算你不找，待在店裡你也好多餘，趕快去出去接工作啦……」

我怎麼覺得他只是純粹想趕我出去……是錯覺嗎？

不過，就如淘氣所說，拍檔雖然在這家店舖裡，可他的魂魄根本不在這裡。在對眼前一切缺乏歸屬感的情況下，恐怕和他說什麼都是沒用的。

賭一把吧，也許還存在轉機……

我這麼想著，便拿出手機，上面還保存了祝泉的電話號碼。我猶豫了一下，還是撥了出去，沒想到手機裡傳出的不是祝泉略帶磁性的清冷嗓音，而是服務臺告訴我撥打的號碼已經停用。

無法用電話聯繫到祝泉，那張名片上雖然有他的電子信箱，但我並不能確保他到底會不會看到。如果太晚了，恐怕也沒有太大的意義，因為拍檔等不了那麼久。

於是我走進臥室，從床頭櫃上的某本奇幻小說裡抽出書籤，然後看到書書出現在我身邊，「打擾妳進裡面玩了。有事，和我出去一趟吧。」

書書看了一眼那本奇幻小說，也不知道想起什麼，輕輕笑了一下，搖搖頭，

「沒關係，回來了再進去也是一樣的。」

隨即我便出了門，在路過店鋪裡的那張桌子時，順手把某個還在呼呼大睡的瑞士刀拿在手裡，又把貞德推了出來。

「貞德，今天又得麻煩妳了哦……」

「不、不用客氣。」貞德害羞地搖搖頭，然後小心地看了我一眼，鼓起勇氣說了句：「今天，貞德也會努力的！」

「喔喔，真可靠，拜託了。」我跨上自行車，拍拍車把手，「今天得稍微快點，因為有點遠呢……」

是的，有點遠。而且距離上一次去那裡，已經是三個月前——祝泉的家。

在貞德的輔助下，我不疾不徐地大概花了一個小時才抵達目的地。在將貞德慎重地鎖好後，我便上了樓梯，來到祝泉家的門口，按下門鈴。

在一聲悠長的門鈴後，門卻依然沒開。

他出去了嗎？

我皺起眉，低下頭沉思片刻，卻突然發現門把上積了一層不淺的灰──忍不住心裡一沉。

這扇門很久沒開了，祝泉搬家了！我又想到之前手機也打不通的情況，推測祝泉一定出現了什麼變故。

於是我走下樓梯，在樓下祝泉的信箱處看了一下。信箱鎖著，裡面的垃圾廣告單卻已經多到滿了出來。

他一定已經搬走很久……來晚了。

我不由得失望，因為目前唯一想到能夠幫助拍檔的線斷了。但我還是不死心，按響了隔壁的門鈴，不一會，一張如白紙一般雪白的臉湊了出來──這是個還在敷面膜的女人。

「什麼事？」女人瞅了我一眼，嘴脣微動，含糊不清地問了一句，「我不買東西哦……」

「不好意思……」我看到女人微帶不耐的目光，知道她把我當成推銷員，不禁尷尬地笑了笑，「想請教妳隔壁的鄰居去哪了，妳知道嗎？」

「呃……好像早就搬走了啊……」

「知道搬去哪裡了嗎？」

「不知道，那個帥哥都不肯理我。」女人的口氣有些懊惱，似乎覺得一塊小鮮肉在面前沒下口甚為可惜，「所以不怎麼熟。」

「是嗎？謝謝。」

「唔，不客氣。」女人將門關上。

我長嘆一口氣，有些垂頭喪氣地走出公寓，然後跨上自行車休息。我並沒有開鎖，只是單純地坐著，而貞德在一旁擔心地望著我，卻不敢出聲問什麼。

我掏出自己的手機，撥通了閔姿的電話，僅僅間隔幾秒，閔姿的聲音便出現在聽筒之中。

「什麼事？」

「妳知不知道妳表弟搬家了？去哪了，妳知道嗎？」

「搬家!?」閔姿的聲音微微提高了一些，聽上去顯得很詫異，「你確定？」

「至少他的鄰居是這麼說的。」

「他住得好好的怎麼搬家了……而且竟然沒和我說。」閔姿喃喃自語，看得出她的確很關心自己的表弟。

「妳問問看他家裡？」

「你別指望，他現在和家裡的關係可說不上好。」閔姿深深吸了一口氣，「我試著想辦法，有消息聯絡。」

「嗯。」

說完這句，我們很默契地雙雙掛了電話。

「算了，你盡力了，回到店裡，我們可以再想想辦法。」書書輕聲安慰，但她似乎也明白這僅僅是安慰，「阿樂，有些事，註定沒辦法的。」

我沉默了一會，抬頭感受天空耀眼的陽光，突然覺得喉嚨有些乾渴，「去買點喝的。」

祝泉公寓附近大約二十多公尺處就有一家7-11，我走了進去，徑直走向飲料區，看了冰箱門良久，最後拿出一瓶百事可樂。而正當我走向櫃檯，路過一面雜誌架時——忽然，我好像看到了什麼。

我連忙後退兩步，望向書架。

有一本畫冊，畫冊上似乎有著各種畫師的名字以及他們的作品名。但真正吸引我注意的，卻是一個我從未見過的名字。

這個從未見過的名字，讓我在看到之後忍不住打了個冷顫，宛若一道靈泉從我的頭頂直淋而下，清爽通透的冰涼感讓我的大腦一下子清醒了。這一瞬間，我知道了什麼才是拍檔想要的東西。

——名字，他要的就是這個名字。

這也許才是祝泉留下對於拍檔來說，真正意義上的曙光。

我將這本畫冊抽了出來，和百事可樂一起遞到店員的面前。出了店門後，我立刻將畫冊的塑膠封膜拆開，直接翻到了那一頁。

上面寫著對繪師的介紹：「最近出現的新人繪師，清新的風格令人耳目一新，讓編輯部忍不住期待他下一張畫，會是怎樣的情境。」

就是這個，雖然並不能肯定，但除了這個我已經沒有辦法想出別的解釋了。

「哈哈哈哈哈哈……」我忍不住低聲笑了起來，沉重的心情一掃而空，「新人繪師……哈哈哈……真有你的……哈哈……」

「阿樂。」書書輕聲打斷我。

我停止笑聲，有些迷惑的看著她，「啊？」

「大家都在看你哦……」書書用手指向周圍劃了一圈。

我愕然發現，附近路人都像在看傻子似的看著我。

「我吃不下了……唔。」胖次還在迷糊地說著老套的夢話，順帶還罵了我一句，「笨蛋阿樂……」

✿ ✿ ✿

一個小時後，我回到了店鋪，將空的可樂瓶扔進了垃圾桶，而那本畫冊，則被我擺在那隻正在發呆的狐獴身邊。

「走開，庸人，本天才對你一點興趣都沒有。」

「對我沒興趣，不一定對別的沒興趣哦……」

「哈……」拍檔拉低自己的帽簷，蓋在臉上，「本天才現在自己都不知道對什麼感興趣，你如果要說夢話就去自己的臥室，別來煩我，你這個庸人！」

「都這麼久了，你看我來吵過你沒有？」我說話的同時，小心注視著拍檔的反應，發現他雖然依舊沒把帽子拿掉，耳朵卻微微抖動了一下。

「最近，出了一個畫功不怎麼樣、卻還算過得去的畫師呢……」

「……」

「……」

「……」拍檔一抬帽簷，雙爪將帽子往後微微一拉將其端正，同時惡狠狠地盯著我，「你到底想說什麼？說完趕快滾！」

我笑了起來，因為我發現拍檔眼中不再是空洞一片，而是煩躁與怒火交織在一起，似乎隨時要撕碎我一樣。

這是好事，有反應比沒反應要強得多，這說明我找對了重點。

「他的筆名是……『七尾魚的拍檔』。」

我說出這個筆名的時候，拍檔一臉呆滯，剛才的煩躁和怒火在此刻僵硬著幻滅，似乎失去了思考的能力。

這個名字，叫做「七尾魚的拍檔」，也只有這個名字，才會對此刻的水彩筆狐獴造成足夠的衝擊。

「一定……有什麼地方弄錯了……」

拍檔竭力克制自己微微顫抖的聲音，「只是……只是巧合而已。」

「巧合？」我輕笑了一聲，打開畫冊，翻到「七尾魚的拍檔」作品的那一頁，「這樣，你還覺得是巧合嗎？」

作品的主色基調是黃和紅，地點似乎是一處野生的生態區。炎熱的色調讓我本能地想到了非洲，化為橙色的夕陽正在落下，而這張畫的主角們，是一群正在昂著脖子直立，看上去機警且可愛的狐獴們。

我並沒有向祝泉描繪過拍檔的樣子，不知道他怎麼會想畫這個，也許真的僅僅是巧合，但我現在需要的不是巧合，也不願意相信這是巧合。

畫的左下角有一句用黑色水彩寫的話——獻給培養我一切的人。

「哈……哈……」拍檔瞪大眼睛，大口大口喘著氣，雙手無意識地塞到嘴邊，啃咬著指甲，渾身顫抖，「怎麼會……他腦袋是不是有問題？」

閃爍著七彩的光澤，宛若水彩顏料在水中化開的那一剎那的液體，大滴大滴地自拍檔圓睜的雙眼中落下，撞擊在地面，化為一顆顆細小的珍珠散去。

「畫得……哈哈哈……畫得真他媽的爛……不愧是庸人……哈……這畫誰挑的？什麼爛眼光？是不想幹了吧？爛得連本天才的笑都停不下來了……哈哈，就庸人的層次，噗嗤！也算是種成就了……噗哈哈哈哈……」

拍檔笑得渾身發顫，眼淚卻沒有停下來，這些淚珠宛若關不住水龍頭那般落下，連帶著他的聲音也哽咽了起來，「……怎麼到最後……嗚，哈哈，最白痴的好像他媽是本天才啊……哈哈哈哈……嗚嗚……」

我沉默不語，只是看著拍檔又哭又笑，瘋瘋癲癲地手舞足蹈。

因為我已經分不清他心中是喜悅還是欣慰、自責、憤怒、不甘、懊悔，抑或是別的。

至少我想不出一個精確的詞語，來猜測拍檔此刻的內心。在很多情況下，語言的貧瘠會讓我明白沉默的重要性，沉默便是最好的表達。

過了好一會，拍檔似乎累了，他疲憊地坐倒在地，眼神中滿是自嘲和譏諷。

「果然，你才是最壞事的那個。」他看著我，緩緩地說道。

我尷尬地摸了摸鼻子。

「本來火候差不多要到了，他都快放棄了，你卻突然出現；本來事情都已經要結束了，就這樣過一段時間，我也會消失不見，你卻拿了一本畫冊出來……你真的是有夠不務正業的！」

拍檔含糊不清的話讓我忍不住打了個冷顫，突然意識到，拍檔奪取祝泉的畫技，恐怕並不僅僅是嫉妒而已。

他之前說謊了，他的確拿回了自己的畫技，可他不只是拿回自己的那份而已，連祝泉本身擁有的畫技也一併奪取了。

他以為自己一定能毀了對方。

但意外出現了，祝泉居然真的再一次踏入繪畫的圈子。雖然比起七尾魚時期的風光，他此刻完全就是一個混在一本綜合畫冊裡、無人問津的小角色。

可是畢竟才三個月而已，從零到有僅僅三個月而已……他就從一個幾乎沒有基礎的門外漢，再次踏入了繪畫的職業圈。

「最初，我只是想幫他而已……我是天才，他不是，但他比我更努力，所以我真的只是單純地想幫他而已。」拍檔看到我的表情，似乎看出了什麼，「可是你沒猜錯，我後來的確嫉妒了。」

「我跟著他出去，聽到的都是大家對他畫技的讚美。憑什麼，憑什麼這種庸才可以得到本該屬於我的讚美……那些根本不是他畫的，是我畫的！明明是我畫的！」拍檔不甘地揮了揮手，滿是怒意，「就因為那些庸才看不到我，所以我就是不存在的嗎？所以我的才能就只能屬於別人嗎？憑什麼!?」

「我不管怎麼努力，成果永遠是他的。」拍檔說到這裡，話鋒卻突然一轉，「不過有一點你錯了，從頭到尾，我就沒有嫉妒過那些連靈智都沒有的電繪筆和繪圖板……它們根本不配。我只是因為發現自己被利用完之後，就被一腳踢開了，就被這種用起來沒什麼手感的東西代替了，感覺受到侮辱，所以憤怒而已。」

「因為他背叛你，所以你就想毀了他？」

「不，正好相反——」拍檔搖搖頭，然後說出了我隱隱猜到、卻又有些不敢相信的答案：「因為感謝他，所以我才要徹底毀了他。」

我再也忍不住問道：「你的感謝，就是毀掉他的一切努力？」

「有些人不撞得頭破血流，是不會回頭的，特別是一些沒有自知之明的庸人。」拍檔不屑地冷笑一聲，「有些人可能以為隨手畫了幾筆，就能賣個幾萬、幾十萬的工作實在是太幸福不過了。但倒在這條路上的人有多少？即便最後功成名就，卻已經老得只剩半口氣甚至直接掛掉的傢伙又有多少？」

「有我在幫他，他還有希望，可他一旦不使用我，我就會變得越來越虛弱，最後消失，並且連送給他的畫技恐怕也會在他不知道的情況下化為烏有，到時候被世間譽為天才的插畫師，只會重新變回區區庸人而已，因為他根本不是畫畫的料。」

說到這裡，他頓了一頓，露出極為譏諷的笑容，「可即便他是個庸人，卻還算不上一個廢物，努力練了這麼多年，或多或少總有些收穫，肯定會比一般人厲害那麼幾下子。不過問題就是這個，這種半瓶水的能力，除了延長他的繪畫生命之外毫無用處，再有毅力又怎樣？和天賦不匹配的毅力根本就是多餘的，因為他不是天才，沒有天分的人，就沒資格走這條滿是荊棘的路。」

我明白了。

這個世界上沒有人比拍檔更瞭解祝泉對畫畫的天賦。

所以他認定祝泉如果失去他的幫助，在繪畫這條路上將是一個徹底的失敗者，失敗者……是沒有意義的。

所以拍檔在拿回賦予祝泉的畫技後，依舊不斷地在摧毀祝泉繪畫的能力。

如果前面是死路，那麼祝泉自然就會換一條路走，也許是音樂，也許是普通的公司小職員，也許是摩托車大賽的參賽者——但絕對不會是一個落魄的畫家。

祝泉還很年輕，才二十多歲，如果想轉行還有大把的機會。可如果他到了中年才發現自己走錯了路……後果無疑是淒涼的。

按理說，拍檔想得沒錯。

但現實狠狠地打了他一個巴掌。離開他僅僅三個月，祝泉就從零開始重新擁有了自己的畫技，並再次一腳踏入了職業範圍。

可為什麼拍檔會出錯？是因為他錯看了這個浮華的社會，竟然再次給一個庸人機會嗎？

這只是一個庸人擁有了不相稱的運氣嗎？

「不，我錯看的……是祝泉。」看出我心中所想，拍檔搖了搖頭，露出似笑的表情，「大概是因為習慣了使用我的畫技，他的繪畫意識已經被一點點鍛鍊了出來。真的沒想到、真的沒想到……就算如此，他竟然才花三個月就成長到這個地步……這死腦筋到底是多賣命啊？」

「看來，他已經不是庸人了呢。」我對拍檔笑了笑，意有所指。

而他則低著頭，很是惆悵的嘆了口氣，然後猛地抬起頭，目光犀利，再次露出我曾經看過那略帶神經質的笑容，「小子，我有個要求，如果你做到了，即便是個超過繪畫學習年齡的庸人，我以後由你使用也不是問題。」

「什麼？」

「我還想……讓他再用我一次。」

「現在說這個幹麼？」我笑著搖了搖頭，當看到他眉間漸漸皺起來，我才將下半句說出來，「我早就這麼打算了，這不是理所當然的事嗎？」

即便真的要分開，這個結局也並不適合你們。

於是我拿著畫冊走進臥室，一陣陣令人遐想的呻吟聲從我的房間裡傳來。我不由得咬牙切齒地說道：「八戒，開工了，別看了。」

「哦呵呵呵、哦呵呵……主人～現在正是……哦哦！不錯哦！可以再激烈些～哦呵呵～正是精采關頭啊！哦呵呵呵呵～～」八戒那猥瑣的聲音中因為興奮而變得有些尖利，「主人你要不要進來一起看啊？哦呵呵呵～～」

書書在一旁淡淡地提醒我，「阿樂，鼻血擦一下。」

「呃，唔……」我連忙從口袋掏出一包衛生紙，抽出來擦了一下後，塞住了鼻子，然後我帶著濃重的鼻音，對八戒說道：「我說開工，不然格式化囉。」

「哦呵呵～知道了，主人你真純情～哦呵呵呵～」

啊……真的有點受不了他。

我把手中的畫冊放到電腦旁，努了努嘴，「這個畫冊上有出版社名稱，看到了吧？」

「哦呵呵呵～真是沒有品味的名字～～」

「入侵這間出版社，把『七尾魚的拍檔』住址給我找出來。」我掏出手機看了看時間，然後告訴他，「我給你一個小時，沒問題吧？」

八戒抖了抖那宛若彈簧一般的尾巴，看上去甚是歡快，「哦呵呵～我怕下載這間出版社出的性感寫真集的時間不夠～」

我忍不住翻了個白眼，「沒讓你幹那個！快點！」

「主人……哦呵呵呵呵……」八戒猥瑣的笑聲中開始出現了曖昧。

「幹麼？」我滿臉厭惡地看著他流下的口水。

「你真的好純情哦，哦呵呵呵……」八戒用豬蹄捧臉，極沒節操地扭動自己肥碩的身軀。

我無語半晌，然後咬牙切齒地警告他：「把你格式化了哦……」

「哦呵呵呵～真討厭～～」

「……可以不要用那種來自不良場所的語氣嗎，快點做事啦！還有！別給我做多餘的事！」

第十一章
回歸的天才，離別

託八戒的福，雖然是以非法途徑獲取的資訊，但在沒有其他線索的情況下也只有這樣了。在看到祝泉的新地址時，我微微愣了一下——這是一個很偏遠的地區。

那個地方缺乏妥善的管理，地面骯髒，違規建築以及治安事件都不算什麼新聞，唯一的好處就是房租便宜。

即便我知道祝泉不是那種特別在意周圍環境品質的人，也知道他在失去拍檔後，遇到了一些比我想像中還要大的困難。

我去那裡甚至不敢帶著貞德去，因為我怕自行車被偷。

所以我一咬牙，很奢侈地叫了一次計程車，在計程車司機略顯疏離的表情中，我下了車。一股酸腐的味道從面前的巷子裡傳了出來，遠處下流的謾罵和粗俗的笑聲迴盪在耳邊，我皺著眉，向裡走去。

「他如今居然住在這種地方……」拍檔站在我的肩膀上，語氣中帶著些許感慨，但隨即話鋒一轉，「不，也只有他才會在這種地方畫得下去吧。」

我停留在一扇生鏽的防盜門前，按了按門鈴，卻發現沒有聲音，無奈之下只好敲門，並大聲地喊：「祝泉、祝泉，你在嗎？」

沒多久，一陣腳步聲傳來，然後我聽到了他略帶磁性的嗓音，口氣中略帶一絲不耐，「來了。」

當門一開，我和他同時愣了一下，也許他是詫異為什麼我會來找他，而我則是對他此刻的樣子充滿了驚訝。

亂糟糟只能算得上乾淨的頭髮，沒有打理地散落披肩，長時間沒有修剪鬍鬚導致變成了絡腮鬍，唯一沒有變的，是他的那對眼睛依舊很淡漠。

……不，或許還是變了些的，不知道是否因為他現在身上亂糟糟的關係，我覺得他的雙眼要比原來更乾淨、更純粹。

「好久不見。」我打了個招呼。

而他隨意地擺擺手，讓我進去，「沒有拖鞋，直接進來吧。」

他看上去隨意了很多——

我跟了進去，掃視了下周圍，發覺比之前的住所還要簡單，這個地方只有一張床、一臺電腦桌，以及畫架，還有一幅畫了一半的鉛筆速寫。

連浴室都沒有。

祝泉拿出一張黑色折凳，用手拍去上面些許的灰塵後遞給我，「坐吧。」

「怎麼……怎麼變這樣了？」我伸手接過，在禮貌性地點點頭後，就拋出了疑問，但我馬上反應過來這個問題問得唐突，「如果你不介意回答我的話。」

「付出版社的違約金。」祝泉豁達地聳了聳肩，「數額有點大，而且父母不支持，所以把摩托車賣了，不過賣得價格還算高，至少撐到我拿到第一筆自己的稿費。」

第一筆嗎……看來他真的徹底拋掉「七尾魚」這個身分了。

「你今天來，不是來看我過得慘不慘吧？什麼事？」他從角落裡拿出一個電熱水壺，將水倒進一個紅色的小杯子裡，遞給我，「這裡只有一個杯子，是我的，不介意吧？」

他真的變了好多……

我傻愣愣地接過他遞來的熱水，相較上一次他隨意拋給我的百事可樂，這次的塑膠杯子無疑讓我感到有重量得多，「哦，謝謝。」

祝泉沒有說話，只是淡淡地看著我；我也連忙反應過來，拿出放在單肩包裡的那一盒水彩筆。

在這套水彩筆拿出來的一瞬間，我發現祝泉的神情微變。我將那套水彩筆盒遞到他身前，「能不能請你，用這些筆再畫一次？」

祝泉沉默，神情複雜地看了面前的水彩筆盒一眼，卻沒有接下，「給我個理由。」

「因為是他拜託我的。」我說到這裡頓了頓，卻看到祝泉一愣，於是補充了一句，「就是你的筆，你的拍檔拜託我的。」

祝泉伸手接過，隔著鬍子搔了搔自己的下巴，撇撇嘴，「這算是我目前為止，最不想用的一套筆了。」

拍檔聽到這句話，眼神一瞬間黯淡了下來，但接下來的話卻讓他重新抬起頭，「……不過，卻也是最捨不得的一套筆了。」

「拍檔……」祝泉低聲對手上的水彩筆盒說著，「……以前的告別方式，對不起。」

說完這句，他的神情嚴肅了起來，很認真地打開筆盒，剛剛拿出一支水彩筆，正走到一旁的小水桶裡想要洗一洗的瞬間，卻突然僵住了，「怎……怎麼……」

而拍檔則驀然發出滿是釋懷的笑聲，化為一道流光，融入了那一套筆中。

祝泉的身體似乎開始不受控制，彷彿入魔一般，在剛才畫了一半的鉛筆速寫稿上用水彩筆畫了起來，明明沒有去沾染任何顏料，顏色卻詭異地出現在紙上。

祝泉的面孔初時還顯得驚恐，但很快就開始沉浸到繪畫中，臉上露出了如痴如醉的表情，專注地看著那支水彩筆在他的紙稿上起舞。

綠色的光彩隨著筆身的舞動，一點點流入了祝泉的身軀，而這時我聽到了拍檔滿是笑意中略帶不滿的聲音——

「看好了，我的長相是這樣的！下次別畫那麼難看！」

一隻狐獴栩栩如生地出現在紙上，身上穿著中世紀畫匠的衣服，一頂小帽子斜斜地戴著，甚至臉上誇張的笑容和表情都和拍檔一模一樣。

「明明只是多了套衣服而已。」

祝泉的話讓我微微一愣，他竟然在這一刻聽到了拍檔的聲音。他依舊看不見自己身上所發生的事，不過的確漸漸感知到了拍檔的存在。

他似乎陷入了和拍檔對話的幻境之中，完全忘記了我的存在，臉上的神情忽喜忽憂，彷彿正隨著對話以及筆鋒的流轉，而出現心緒上的起伏。

我以為他會一直下去，但過沒多久，就聽到祝泉突然輕輕咦了一聲，身體在微微一頓之後，聚精會神地畫了兩筆，忍不住停了下來。他皺著眉，「我怎麼……又畫得好了？」

他若有所思地看向手中的筆，極為認真地說道：「謝謝，但我想要靠自己畫出來，把你的畫技拿回去。」

「你不是庸才，祝泉。」拍檔的聲音迴盪在這間只有五坪大的房間，「這就是你的畫技，我只是把你以前的那部分還給你了而已，你儘管可以高傲一些……」

拍檔說到這裡，微微頓了一頓，才用感嘆的語氣說道——

「你……是個天才。」

我並不知道天才最直觀的定義，但我知道拍檔到底有多高傲。這個成天喊別人是「庸人」的狐獴，卻用前所未有的誠懇去肯定祝泉的天分。

對於拍檔來說，身為天才的自己，恐怕最不想的，就是去承認另一個天才的存在，但同時也希望，這個世界上真的有這麼一個天才來理解自己。

這雖然矛盾，邏輯卻是通的。

祝泉愣了半晌，似乎沒有想到會聽見這句話。而後，他漸漸地紅了眼眶，哽咽著：「就算……就算你這麼說，我也不會用你畫畫了。」

「意外地合拍呢，我也是這麼想的。這是最後一次了，小子，我在你身邊……」拍檔用十分不屑的語氣說道：「你永無出頭之日。」

祝泉沉默，他重新提起筆，認真地將畫筆朝白紙上點去，「謝謝。」

「……我只是待膩了而已。」

「謝謝。」

「……」拍檔陷入了沉默，不再說話，只是任祝泉使用這水彩筆，一點點把畫紙上的自己畫得越來越精細。

「我恨過你，覺得你騙了我太久，我覺得你讓我的努力全部都化為了烏有，可是……的確是個好夢，這是一個讓我不願意醒過來的夢。」祝泉一邊畫一邊說，寥寥幾筆看似隨意，卻帶著異樣的韻味。

「而當我陷入了這種不甘時，我想起來了……」祝泉輕輕地說著，眼帶迷惘，他似乎沒有看著畫，反而走起神來，手上的動作卻根本沒停，一筆一筆將一處老舊的房間畫了出來。

接著房間裡出現了一個年輕人，正懊惱地抱著頭——

「我想起來了，六年前，我也是這麼不甘，所以……你才會出來幫我吧？明明是我在求你，卻在最後把錯怪在你身上，抱歉了。」

這句道歉一落，拍檔便從水彩筆上顯出了物靈的姿態。他此刻已經拉低了帽簷，讓我看不清他的眼神到底是如何，我只能聽到他說了一聲：「我可沒……幫你。我只是，也想畫畫而已。」

祝泉卻沒有將拍檔的話聽進耳裡，只是神情專注地畫畫，同時如夢中呢喃一般說道：「沒有你，恐怕那個時候我就已經放棄了，我很感謝你。」

當最後將畫紙上拍檔的雙眼處點上光彩，只見上面的那隻狐獴，正栩栩如生帶著一種誇張的開心笑容，樂呵呵地看著下面煩惱的年輕人。祝泉後退兩步，慎重的將筆放進了筆盒，又將筆盒放到自己的床上——那些筆上依舊沒有一絲一毫的顏料。

「遇見你，實在太好了。」

祝泉由衷地說著，深深地鞠了一躬。

「你說反了，能做你的畫筆……太好了。」

我站在一邊，靜靜地注視面前我一直追求著的畫面。我曾經以為這份委託的目的，是為了讓祝泉重新拿回自己的畫技，可後來又發現祝泉的畫技根本不是他的所有物，便開始想讓他重新回到真實的自己。

即便那個真實很殘酷。

即便祝泉走的道路，甚至可以說從一開始就是個錯誤。

但祝泉，無疑是一個在錯誤中誕生的天才。

我以為我會毀掉一個叫做「七尾魚」的畫師，可現在我發現，原來我讓這個房間裡的兩個天才得以同時並存於這個世間。

如果祝泉在拍檔離開後選擇放棄繪畫，選擇了大多數人認為「對」的那條路，也許他不會吃那麼多苦頭，也許他生活會過得風平浪靜……不過，這只是讓世界上多了一個叫做「祝泉」的路人甲而已。

可他犯錯了，錯得無比精采，就算最後他依舊回不到「七尾魚」的風光，他也是富足的，因為他沒有浪費自己犯錯的權利。

我們有權犯錯，我們有權後悔，因為一帆風順、平靜無波的人生，只是一條流水線上的屍體加工廠而已。

除此之外，再無意義。

拍檔最後還是回到了我的手上，我在門口和祝泉道別，他卻把我送到了公車站，對我道了聲謝後，問我：「你就打算一直這樣嗎？開著當舖，卻在拿別的事當主業？」

我告訴他，不務正業，往往比老實地上班要有趣得多。

他呵呵一笑，說了一句：「鬼扯。」

我坐上了公車，隨著周圍景物的倒退，我忍不住轉頭看了一眼身後——祝泉已經轉身離開，看他走路的姿勢，走得很輕鬆，心無掛礙。

一個小時後，我回到了自己的當舖。此刻，門口正站著一個人。

這個人我認識，前段時間剛剛見過。

她是笛笛的前主人，可以的話，我不想再看到她。可她既然堵在我的店門口，我自然沒有辦法迴避，便走上前，「有什麼需要幫忙的嗎？」

今天她還是穿著上次見我時一樣的套裝，但看上去衣服似乎要比原來寬大了一些。在一陣涼風吹過後，我終於確定了——

她瘦了很多。

「買東西。」她冷冷地對我說。

「歡迎，裡面請。」我點點頭，然後將大牌翻到了「OPEN」，用鑰匙打開門，帶她走進了店裡。我並沒有對她冷冰冰的態度表示不滿。

因為如果是我的話，我大概也不會對一個無恥的奸商老闆有太多好感。

「主人……」

笛笛彷彿失了魂一般出現在我的面前，充滿依戀地看著那個女子。

我暗自搖頭，頭疼於笛笛此刻的狀態。我相信她上次有把我說的話聽進去，可有些事知道，並不比不知道要強。

反而，可能會因為更多的掙扎而為內心帶來更多痛苦。

「請問……」

「我要買上次我說的笛子，就是以前賣給你的那根。」女子略帶嫌棄地看了我一眼，「拿出來，一萬五，我要了。」

我看了她一眼，歪著頭想了一下，然後最終確定了報價：「五萬。」

「你瘋了？先不說那一萬五是你自己上次說的，就算提價也不能提三倍多那麼離譜吧！」女子聞言，衝著我低聲咆哮，「別把我當傻子！」

「我只是把妳當財主，小姐。」我笑吟吟地看著她，「妳要不要？如果還不要，下一次妳再來，恐怕就不是這個價格了。」

嗯，她的表情，好像真的很想掐死我。

女子頓時滿臉怒意，但她很快深吸了一口氣，以一種商量的語氣和我說道：

「能不能便宜點？我誠心買的，你應該知道這根笛子哪怕是全新的也不值這個價！」

她說著這句話的時候，笛笛也淚眼汪汪、乞求地看著我。但我依舊決定無視笛笛的態度，「但我相信對妳來說，值這個價。」

我走到櫃檯，將笛笛的本體拿了出來。那是一管藏青色的木質長笛，木質的紋路順著孔洞流過，帶著一股不多見的靈氣——

「所以說，妳要買嗎？」

「你最好再……」

「五萬，小姐，五萬。」我搖搖頭，看著她臉上的怒火越來越盛，「這沒得商量……或者，妳想下次來付十萬？」

女子深深吸了一口氣，然後——

她低頭拿出錢包，氣呼呼地開始數錢。而笛笛則在一邊傻乎乎地看著我們兩個，臉上的表情——我不知道該怎麼形容。

這種時候，妳該笑啊……丫頭。

在這麼想著的我，驀然被一疊紙鈔砸中了臉，我依稀聽到了笛笛的驚呼，驚呼中我卻感覺不到一絲喜悅和興奮，有的只是不知所措。同時被砸中的瞬間，我還聽到了一聲女子憤然的罵聲：「幹！」

隨後我沉默地抬起頭，看著這個女子滿臉憤怒地對我罵道：「你滿意了吧？守財奴！現在我可以拿走我的笛子了吧？」

我沒有馬上回答她，而是從地上撿起散落的錢，小心翼翼地數了起來。

我數得很仔細，數了三遍……但我發現我的手在抖。

沒錯，是五萬。

我強忍著內心的波動，控制自己的表情，呵呵地笑了起來，「多謝惠顧，從今天起，她是妳的了。」

「它以前也是我的！」女子很不友好地反駁。

這就對了。

我看著女子那一臉厭惡的表情，突然感到一股莫大的安心。我瞥一眼已經站在女子身邊，卻不知從何時開始、神情變得惶然無措的笛笛，對她輕輕道了句：

「再見了，笛笛。」

笛笛一瞬間瞪大眼睛，愣愣地看著我，嘴巴一癟，似乎就要哭出來了。

「守財奴！」

而女子惡狠狠地瞪了我一眼，然後拿起長笛的盒子就往外走，笛笛也不由得跟著她飄了出去。

「哇～～～～～～」

笛笛大聲哭了起來，她似乎不明白自己為什麼會哭，但單純的她顯然根本不在意那些，心中有悲，那麼就哭吧。

嗯，再幫她一把吧。

「喂，那位小姐。」我叫住了女子，而女子則滿臉的不耐煩以及戒備。

「幹什麼？想報警我剛才拿東西扔你？」

「不是，是想告訴妳，如果妳什麼時候不需要這根笛子了，請把她送回來。」我搓了搓手，一咬牙，伸出三根指頭，「我出三萬，妳隨時可以過來賣，相信不會有人能出到這個價了。」

女子愣住了，她狐疑地上下打量著我，「你是不是真的有病啊？」

「妳也為了這根笛子花了五萬，小姐。」

如果加上我的三萬，她對妳來說就是八萬了，小姐……妳如果丟了，會心疼得幾週吃不下飯吧。

「……」女子看了我半晌，驀然轉身，一言不發地離開。

我連忙又說了一句：「小姐，三萬，如果要出手千萬記得啊！」

也許是我聲音中帶著一種讓她無法忽視的懇求，讓女子再一次停下腳步。她半轉著身子，冷冷地對我說了句：「你死心吧，我再也不會賣它了。」

如此便好，這就是最好的回答了，小姐。

我不禁微微笑了起來，目送她帶著笛笛離開了我的當鋪，我依稀聽到笛笛的抽泣聲漸行漸遠，心中略感酸澀。

當鋪裡陷入一片沉默，隨後店裡響起了烤爐阿三的聲音，他有氣無力地說：

「這算是送走一個？笛笛的運氣還不錯……才來了那麼點時間。」

「我說……我們是不是該慶祝一下……」

「慶祝個鬼，我看你都快哭出來了。」

「我才沒哭！阿樂才是快哭的樣子！他已經在吸鼻子了！」

「……」我沒有理他們，只是低著頭，又一次把那五萬塊數了一遍，然後分出三萬，放到辦公桌後面的一個保險箱裡。

這個保險箱裡的錢，即便生活到了要借錢的窘境，我也不會動。因為裡面的錢，都是從我這家當舖裡走出去的物靈所帶來的。所以我不敢動，我怕一動了，等到那些物靈再一次需要回到我這家當舖裡的時候，我沒能力把他們買回來。

這箱子裡，裝的都是他們的買命錢。

他們是否回來並不重要，重要的是回來的希望一直存在。

在他們回來之前，這家店，我會一直開下去。

【番外篇】
胖次的自白

我，是一把功能繁多的瑞士刀，價格不菲。聽阿樂那個做生意只會賠錢的傢伙說，我還是進口的，所以要多收一次關稅。

用這麼簡短的一句話，大家一定看出來了，我出身高貴，絕對不是現在對面那家雜貨店賣的連削鉛筆都會斷的小刀片可以比的。

但是——

我竟然沒有一個高貴的名字！確切地說，我有了高貴的名字，他們卻不肯這麼叫我！

這些混蛋都叫我「胖次」！知道店裡那個整天作著後宮夢的茶壺背地裡叫我什麼嗎？他竟然偷偷說我是純情小褲褲……

河井律子大人，請把他們都變成葵瓜子吧。

哦，至於你問我那高貴的名字叫什麼？哼哼……虔誠地匍匐在地，滿懷感恩的心聆聽我的名吧——

「胖次！醒醒！」

喀啪……我聽到自己的心因為這句話而碎落滿地的聲音。

「別叫我胖次！叫我哈姆太郎！混蛋！」我睜開眼睛衝著那個毫無品味的青年怒吼。

雖然很不想承認，但面前這位渾身散發一股窮鬼味的年輕人，就是我的……唔，反正，類似於主人就是了。

這個人丟三落四，毫無經營天賦，吝嗇小氣，開著一家看上去像餐館的當鋪，但總不肯老老實實做生意——

總之他是個很亂七八糟的人，我一直叫他阿樂。

然而，他卻是唯一可以感知到我們的人。

「我把你放哪了？我的指甲有點長了。」很顯然，這名不務正業的當鋪老闆又忘記把我放在哪裡了。

這是一個很神奇的人，他時常會忘掉很多東西，唯獨沒有忘記過把書書放在哪裡。說起書書，就是那張書籤，也是她告訴阿樂我的存在，並讓阿樂給我取了名字。

所以我很感謝她，不過同時，即便寬宏大量如我，卻一直想掐死那個替我取名為「胖次」的混球。

「我才不告訴你，自己找，不想低聲下氣就給我長長記性吧，阿樂！」我拍了拍自己柔軟而毛茸茸的肚子，感受到其舒適的彈性，嘲笑他一句之後便轉過身——我要把自己的肚子睡得再圓一些！

「唔，一個人好寂寞，要不養隻貓吧……而且淘氣也喜歡小動物。」

這是赤裸裸的威脅！

做為一把高檔的進口瑞士刀，看看我鋒利而尖銳的鋒芒！我有我的尊嚴！我絕不屈服！讓這個混蛋見識一下什麼叫做哈姆太郎的氣概——

「……在你的床頭櫃。」

「謝謝。」

其實……其實我沒必要和他一般見識對吧？你看他都心驚膽顫地道謝了，這次我就放過他好了，嗯。

我正準備甩開腦內這個不怎麼愉快的事件、陷入美好的睡眠中時，卻聽到阿三和那個後宮茶壺又開始扯嘴皮了。

哦，對了，那個茶壺，阿樂給他取的名字叫壺爺，因為……他看上去實在年代太久遠了，很像是古董。

至於是不是古董，阿樂不知道，因為這個窮鬼根本沒錢去做鑒定。

「阿三，我的年紀比你大。」壺爺深沉地對阿三說道，他的物靈形象很少從壺裡出來，好像只想一直悶在那個壺裡發酵，但根據看過他樣子的阿樂說——他沒有嘴。

不過壺爺說他有，只是長得像鼻子。

「胡說！我比你先進店裡的！」阿三是一隻戴著頭巾的浣熊，我不怎麼喜歡他。

理由？

因為他的眼部周圍黑得很像熊貓！我討厭熊貓！即便熊貓也是熊科動物，名字中卻有個「貓」字，牠就是熊類的叛徒！倉鼠的死敵！

「可我是古董嘛～而且比起烤爐，我大茶壺的歷史可要更長。」

「誰知道是不是假的，你屁股上有寫出廠日期嗎？」阿三得意洋洋地說道：

「我可是有寫的，我的生日是二〇〇四年七月六日，巨蟹座！」

「生日？生日……我還真不知道。」壺爺的聲音變得有點垂頭喪氣。

生日？那是什麼？

有點莫名其妙地，我突然被這個問題弄得有些煩躁。於是我坐起來，開始低頭用嘴和手梳理我腹部柔軟的毛髮，這種注意力轉移的方式能夠讓我很快的恢復平靜——

但這次看來沒什麼效果。

「我的生日是什麼時候，你們誰知道？」

我大聲問著店裡那群吵鬧的傢伙，我原本不指望他們有多少人會理我，他們都是各顧各的傢伙，但唯獨這一次……整個店鋪安靜了下來。

咦？我問了什麼奇怪的問題嗎？

隔了很久，才終於有了聲音。

「你問這個幹什麼，咕咕？」我很討厭的那隻貓頭鷹居高臨下地看著我，「什麼時候變得這麼有時間觀念了，咕咕！」

「你有資格說我嗎？你這連時間都調不準的布穀鐘！」我尖聲嘲笑這個敢挑釁我的笨蛋貓頭鷹。

「你說什麼，咕咕⁉」

「啊哈！繼腦袋之後，你連耳朵都不行了嗎？唔，你有耳朵嗎？」

「我吃了你！」

「你不知道物靈不能吃東西嘛，傻瓜！」淘氣在一旁噗嗤笑了出來，他是個很孩子氣的打氣筒，物靈形象倒也是一副人類孩童的模樣——脾氣卻不小。

但他對我還算不錯，每天我都能拿他嫩嫩的手掌當床墊，睡著很舒服。

不過話說回來……

我遺憾地摸了摸很有手感的圓肚皮，要真能吃東西該多好，我一直很好奇葵瓜子的味道呢。

嗯，就和生日一樣，這玩意大概跟我沒關係了。

「唔？胖次，你想知道自己的生日？」阿樂用很奇怪的語氣問我，「你知道那個想幹麼？」

而我則用看智障一般的目光瞥了他一眼，決定不回答這個愚蠢的問題——想知道自己什麼時候出現在這個世界上，需要理由嗎？

「幹麼？哼！無所謂了，反正我身上也沒生產日期！」我有些負氣地往後一躺，「況且知道那個也沒什麼用，我是沒必要知道啦！」

「好端端地，你發什麼脾氣……」阿樂在桌子前悻悻地摸了摸下巴，見我沒有理他，他就走進房間，不知道在搞什麼東西。

今天依舊沒有什麼客人來，而到了晚上，才剛過六點，阿樂乾脆提早打烊。至於提早的理由？哈，那還用說，當然是因為這個窮鬼沒幹勁了唄……

於是我們可以得出一個結論，也許這個世界上有很多窮鬼很勤勞卻依舊無法富裕，但面前這個傢伙——他窮得活該！

不知道是不是猜到我背地裡在罵他的緣故，他今天拒絕我進臥室讓八戒給我播放《哈姆太郎》……這小氣鬼！

一直到很晚，我看他房間的門都還透著光，看光芒閃爍的樣子，我估計……嗯，他難道已經學會用仰視的目光看那部偉大的《哈姆太郎》了嗎？

唔，如果是這樣的話，我大概就可以拜託他買一包葵瓜子和我一起放在抽屜裡了，要知道他以前可是拒絕過我這個理所當然的要求。

他給出的理由有兩個，一個是我吃不了，越看越饞就會發脾氣。

這個理由真是鬼扯，我這種胖得珠圓玉潤的倉鼠、功能繁多的進口瑞士刀，氣質優雅、儀態萬千，怎麼可能會那麼隨便發脾氣——

不許笑！扁你哦！

至於第二個理由，我允許你好好嘲笑一下這個蠢貨，他竟然說店裡整天擺著瓜子不吃不吉利，和清明節似的，做生意容易賠本！

不做賠本生意的阿樂，那還是阿樂嗎？就憑他身上散發的那股窮酸味，估計就算賈伯斯上身也挽救不了他窮鬼的命運。

我可以很負責任地說，他真的有問題，雖然很少，但的確在有些時候他真的賺到了錢，並且好久沒有做賠本生意，結果——

他身上出現了蕁麻疹。

是的，只要他一段時間不做賠本買賣，他就會這樣，去了幾次醫院都查不出問題來……你說他是不是天生的窮命？

還有、還有啊……唔，怎麼，有點睏了……唔……那個白痴……

……

……

恍惚間，我聽到了一陣熟悉的聲音，聲音是個男人的，那個男人帶著極為粗豪的嗓子，大聲地說著話。那些話我聽不明白，但從周圍能夠響起尖叫和笑聲來看，這個男人挺受歡迎的。

然而，那個男人也僅僅是這個時候聽上去很豪爽而已，在其他大多數時間，我都只能聽到他文謅謅地詢問別人問題，而那些問題……我也聽不明白。

至於我看到了什麼？不，我好像什麼也看不見，說起來，我叫什麼來著？我聽到一些人叫他「War Correspondent」，這是他的名字嗎？

我時常聽到附近響起爆破聲、槍炮聲，我聽到那些人在大聲吶喊什麼，歡呼或哭泣，以及死一般的沉默。

每當沉默的時候，那個男人似乎就會將我拿出來修剪自己的指甲，或者開一罐鮪魚罐頭。

「走好，老兄。」

這句臺詞，他說了四十三次，每次都只有這麼簡短的四個字，卻讓我覺得比他大聲說話要更為有力一些。

「請問有什麼需要嗎？」

這是一個青年的聲音，這個聲音也讓我感到很熟悉——是阿樂嗎？

等等，阿樂是誰？

「我要當東西。」那個男人的聲音，似乎充滿了一種灰暗的情緒。

「哦，要當什麼？」

「瑞士刀，我在伊拉克當地買的，很鋒利、很好用。」男人似乎把我拿了出來，放到另一個人的手上，「開個價吧。」

「這種小東西在當舖裡價格並不高，他甚至抵不了一頓飯錢哦……我個人覺得，你還是留著他比較好，先生。」

「你也看到了，老闆，我甚至沒辦法自己剪指甲了。」男人淡淡地說著，卻讓我莫名地感到有些心酸，「只有一隻手，除了抹自己的脖子以外，它對我來說大概沒什麼用了。而且，我也想忘掉一些事。」

「……如果你堅持的話，十塊。」

「成交。」

「一切都會好起來的，先生。」

「希望如此。」

原來，被當的是我嗎？

我連你的名字是不是叫做「War Correspondent」都不知道呢……

話說回來……我叫什麼來著？

「胖次、胖次，醒醒……」

「別叫我胖次！叫我哈姆太郎！」我睜開眼睛，本能地朝面前的混蛋怒吼著。

託面前這個窮鬼的福，我總算是把自己的名字想起來了。

阿樂滿臉疲憊的樣子，「說起來啊，因為不知道你的型號，找生產廠家很費力啊……」

啊？

我茫然地看著阿樂，這傢伙到底在說什麼？

也許是看到我的表情，阿樂的臉上頓時充滿了便祕感，他抬頭望著店鋪裡的天花板很久，喃喃道：「我怎麼覺得自己好像白痴……」

你本來就是白痴！

「生日，胖次，你的生日哦。」書書在一旁輕輕的一句話，卻恍若夢中那最猛烈的爆破聲一樣把我震住了，「阿樂查了一個晚上呢。」

這傢伙，是因為這個，昨天才那麼早關門，並且不讓我去看《哈姆太郎》嗎……他，嗯，他偶爾也還算是個識趣的人嘛！唔……

糟了，我已經不知道該做什麼反應了。

「你這張大嘴的德行，是還沒睡醒嗎？」阿樂挑了挑眉，嗤笑道。

「……少囉嗦！」我哼了一聲，然後小心瞥了眼他似笑非笑的表情，「那你查到了嗎？」

阿樂的表情微微一僵，彷彿有些不自在地搔了搔自己的後腦勺，「唔，只查出來你至少應該是十年前就已經開發出的型號，四年前已經停產了……你身上也沒編號，有點難查啊……」

「……哦。」我心中沒來由地一陣失望。

「但是，我有補救措施，或者說，我現在覺得，對於你們來說，這個也許才是真正意義上的生日。」阿樂從身後拿出一本厚厚的本子，對我搖了搖，「生產日期不等於就是生日，這就是我要說的。」

「這是什麼？」

「帳本。」阿樂翻開那本厚厚的本子，我注意到它的紙張有些泛黃，大概是很舊了，「八戒那裡也有一份電子版的，上面記錄了你們的價錢，還有你們進店裡的時間，那個時候就是你們被正式喚醒的時間。」

我此刻除了傻傻地看著他，不知道該做何反應。

「生日這種東西，當然要生出來了才算是生日。」阿樂將翻開的帳本推到我面前，「喏，這是你的，二〇一一年四月四日。」

「……白忙了一個晚上的結果，最後只是拿出一個一開始就可以拿出的補救方案，不愧是做賠本生意的專業戶。」淘氣在一旁毫不留情地嘲笑，同時一翻眼皮、吐舌頭做著怪相，「從某種方面來說，這也是個才能了啊！真是辛苦你了，笨——蛋！」

「少……少囉嗦！」阿樂的臉頓時漲紅了，揮舞著拳頭瞪向淘氣。淘氣則毫不退讓地下巴一昂，完全不把他放在眼裡。

「……」我沉默地看著那本帳本上字跡有些模糊的數字——他的字真的好醜。

「呃，你覺得不太好嗎？」似乎看我沒有反應，阿樂的聲音顯得有點無奈，「也是哦，看上去可能太敷衍了點？我等下再查查好了……」

「不，四月四日，就這個日子好了，就這個日子不錯，我決定了。」我擺擺雙手，拒絕了他的建議。不過我突然心中微動，冒出了一個問題，冥冥中有一股衝動讓我決定問出來——

我覺得我現在如果不問，恐怕以後都不會問了。

「阿樂。」

「啊？」

「War Correspondent……這個是名字嗎？」

「大概是吧。」阿樂神情嚴肅地點點頭，「我的直覺是這麼告訴我的！」

「……這種事可以靠直覺嗎，混蛋！」我一挺肚子，一爪扠腰、一爪怒指，「別這麼敷衍我啊！」

「但我英文不好耶……你從哪聽來這個詞的。」阿樂詫異地看了我一眼，然後走到書架，抽出一本厚厚的辭典，愁眉苦臉地翻了起來，「我查查哦，不保證一定對哦。」

一直在一邊低頭看書的書書抬起頭，對我微微一笑：「是戰地記者哦。」

「不是名字？」

「嗯。」

「……這樣啊……」我不由得有些失望。

也許是發現了我的情緒，書書那青色的瞳孔中瀰漫出溫柔且智慧的光芒，如抽絲剝繭一般，用一句話擊中了我心中一處我自己都沒發覺的地方，「比起名字，這個職業本身更讓人尊敬，很偉大的人呢……你的主人。」

我的鼻子驀然有些發酸，這是一種很陌生的感覺，它迫使我不得不哽咽著出聲：「除了河井律子大人，我才沒主人！我可是哈姆太郎來著！」

戰地記者啊……也不錯呢。

後記

第二卷結束，再次感謝編輯以及讀者的支持。

這一卷比起第一卷來說，故事的範圍相對縮小，新人物出現得並不算多。但託這個特點的福，寫故事時相對也更專注一些。

嫉妒和羨慕的界限其實有些時候難以分清。

用傳統概念來說，嫉妒的表現方式是會去詆毀他人，而羨慕則會更正面一些去增強自身的能力。

不過其實按照我的邏輯，嫉妒只是一種內心的表現，是否會誕生一些不好的行動，取決於個人的性格。

甚至我覺得，嫉妒是一帖比羨慕更為濃烈、促使自己進步的良藥，嫉妒源自於一種潛在的競爭意識。

只要有足夠的內心道德來約束，嫉妒這種負面的情緒一樣可以成為我們成長的原動力。

拍檔是嫉妒，還是羨慕，老實說即便身為作者的我，也沒有辦法很肯定地告訴大家是哪一種，或者說，可能兩種都有。

有天賦的人沒機會，有機會的人沒天賦，這種情況即便在現代社會也時有發生。

這些人選擇自己的道路時，很多都是根據哪些是對的、哪些是錯的來判斷。至於對錯的基準，大多都在於是否能讓自己以及家庭在這個節奏緊張的社會中「體面」地生存下去。

這並沒有錯，每個人都有自己不同程度的自尊需求以及物質需要。

在沒有拿到合約之前，我有些時候也會想：「父母把自己養這麼大、花了那麼多錢讓我念書，最後卻在作家這種沒有保障的職業上投入那麼多精力，值得嗎？」

如果純粹是以這個條件來看，顯然是不值得的。就以這一條為基準，毫無疑問，我目前依舊在錯誤的道路上前行。

但是，按照現在只有二十多歲的年紀來說，至少還算年輕，而年輕的資本，就是可以犯錯，我想要犯錯的權利。

即便這個權利很任性。

所以延伸出了祝泉這個人物。

「自分の選んだのだからさ、跪いても終わりまで歩け！（自己選擇的，跪著也要走到底）」

我很喜歡這句話，現在也藉這一卷送給你們，謝謝。

千川　2015年4月27日東京

翼想本

時光當鋪2

著　者／千川
發行人／黃鎮隆
總編輯／洪琇菁
執行編輯／洪琇菁
企劃宣傳／邱小祐、劉宜蓉
封面插畫／Ooi Choon Liang
副總經理／陳君平
國際版權／黃令歡
美術編輯／方品舒、一灰
內文排版／謝青秀

出　版／城邦文化事業股份有限公司 尖端出版
台北市中山區民生東路二段一四一號十樓
電話：（〇二）二五〇〇—七六〇〇
傳真：（〇二）二五〇〇—二六八三
E-mail：7novels@mail2.spp.com.tw

發　行／英屬蓋曼群島商家庭傳媒股份有限公司城邦分公司　尖端出版
台北市中山區民生東路二段一四一號十樓
電話：（〇二）二五〇〇—七六〇〇（代表號）
傳真：（〇二）二五〇〇—一九七九

中彰投以北經銷／楨彥有限公司（含宜花東）
電話：（〇二）八九一九—三三六九
傳真：（〇二）八九一四—五五二四

雲嘉經銷／威信圖書有限公司　嘉義公司
電話：（〇五）二三三—三八五二
傳真：（〇五）二三三—三八六三
客服專線：〇八〇〇—〇二八—〇二八

南部經銷／威信圖書有限公司　高雄公司
電話：（〇七）三七三—〇〇七九
傳真：（〇七）三七三—〇〇八七

香港經銷／城邦（香港）出版集團有限公司
香港灣仔駱克道一九三號東超商業中心1樓
電話：（八五二）二五〇八—六二三一
傳真：（八五二）二五七八—九三三七
E-mail：hkcite@biznetvigator.com

新馬經銷／城邦（馬新）出版集團Cite (M) Sdn. Bhd.
E-mail：cite@cite.com.my

法律顧問／王子文律師　元禾法律事務所
台北市羅斯福路三段三十七號十五樓

二〇一五年六月一版一刷
二〇一九年十一月一版八刷

■中文版■

郵購注意事項：
1.填妥劃撥單資料：帳號：50003021戶名：英屬蓋曼群島商家庭傳媒(股)公司城邦分公司。2.通信欄內註明訂購書名與冊數。3.劃撥金額低於500元，請加附掛號郵資50元。如劃撥日起 10～14日，仍未收到書時，請洽劃撥組。劃撥專線TEL：(03)312-4212 ・ FAX：(03)322-4621。E-mail：marketing@spp.com.tw

國家圖書館出版品預行編目資料

時光當舖2 / 千川作.
—1版. —臺北市：尖端出版, 2015.6-
冊 ; 公分
ISBN 978-957-10-6013-2(第2冊：平裝)

857.7 104002259

翼想本

翼想本